La memoria

1118

DELLO STESSO AUTORE
in questa collana

La ferita di Vishinskij
Gli uomini che non si voltano
Uno per tutti
La fabbrica delle stelle
La congiura dei loquaci

in altra collana

La volata di Calò

Gaetano Savatteri

Il delitto di Kolymbetra

Sellerio editore
Palermo

2018 dicembre seconda edizione

Questo volume è stato stampato su carta Palatina prodotta dalle Cartiere di Fabriano con materie prime provenienti da gestione forestale sostenibile.

Savatteri, Gaetano <1964>

Il delitto di Kolymbetra / Gaetano Savatteri. – Palermo : Sellerio, 2018.
(La memoria ; 1118)
EAN 978-88-389-3855-9
853.914 CDD-23

CIP – *Biblioteca centrale della Regione siciliana «Alberto Bombace»*

Il delitto di Kolymbetra

Te invoco, città di Persefone, città la più bella fra quante
albergo son d'uomini, o amica del fasto...

PINDARO, *Ode Pitica* XII

Anche se alcuni nomi e luoghi sono reali, tuttavia questo è pur sempre un romanzo e le vicende raccontate sono di fantasia.

Capitolo 1

Una lama di cielo blu accende il grattacielo Unicredit.
– Lo dico? – chiedo.
– Cosa? – risponde Peppe Piccionello.
– Quello che si dice in questi casi.
– Saverio, fai come vuoi.
– Quel cielo di Lombardia, così bello quand'è bello.
– Bravo. Che mi rappresenta?
– Peppe, con te perdo tempo. È Alessandro Manzoni.
– Ah, quello degli sposi.
– Sì, il wedding planner del ramo del lago di Como.

Però il cielo stasera è veramente bello. Ora, se qualcuno dice che a Milano non c'è più la nebbia, metto mano alla pistola. Ma questa primavera è spettacolare, la capitale amorale è tirata a lucido, mentre «meteo.it», fermo ancora sul fuso orario di Màkari, ci tiene a informarmi che la Sicilia è funestata da un'ondata di bassa pressione proveniente da settori ionici con vortici depressionari, rovesci e venti sostenuti.

– Che ora è?

– Peppe, lo hai chiesto dieci minuti fa. Ed erano le cinque.

– Meglio essere precisi.

– Sei impaziente?
– No, sono puntuale.
– Peppe, hai visto il bosco verticale?
– Dove?
– Il palazzo lì davanti.
– E cosa ha di speciale?
– È tutto coperto di verde, di piante. Il bosco verticale, appunto.
– Saverio, ma perché i boschi come sono, orizzontali? Gli alberi sempre da sotto in su sono cresciuti.
– È progettato con criteri ecologici.
– Saverio, ma cosa vuoi dimostrare? Mia cugina abita a Palermo e da vent'anni ha una pomelia. Spunta dal balcone, è alta quasi quanto me. Pomelia verticale. Giusto?
– Giusto.
WhatsApp mi consegna un messaggio caldo caldo.
– Dove siete? – scrive Suleima.
– Piazza Gae Aulenti – rispondo.
– I soliti provinciali.
– Hai ragione. Cerchiamo sempre una piazza. E tu?
– Lavoro. Siamo a Milano, baby.
– Infatti, poco fa volevano arrestarci per vagabondaggio perché ci siamo seduti su uno scalino e non avevamo un alibi.
– Cretino. A che ora andate lì?
– Tra un'ora.
– Peppe è emozionato?
– Credo di sì, ma si è travestito da Donnie Brasco per passare inosservato.
– Sei invidioso.

– Certo, se lo vede Martin Scorsese gli fa girare il seguito di *Goodfellas*. Tu quando arrivi?

– Non so, giornata difficile.

– A Milano sono sempre giornate così, quelle semplici semplici le mandano in Sicilia per non affaticarci troppo, non abbiamo la tempra.

Non risponde più.

– Suleima? – chiede Peppe.

– Sì, ti saluta. Le piace il tuo stile, come ha detto?, qualcosa di nuovo nel sole, anzi d'antico.

– Minchiate tue, non di Suleima.

– Scusa Peppe, ma questi vestiti li hai rubati a Fredo Corleone?

– Saverio, sei scimunito al sud e pure al nord.

– Si è come si è – allargo le braccia.

Un gruppo di turisti asiatici, controfigure di Bruce Lee, circonda Peppe Piccionello: lo prendono di mira con le loro Fujifilm Instax. Credo lo abbiano scambiato per il prototipo di urban fashion influencer che gira dalle parti di Montenapo con le pantofole di pelo. Fra tre mesi arriveranno nel porto di Gioia Tauro settanta container cinesi con milioni di giacche di pelle marrone a tre quarti, camicie gialle di seta, pantaloni a scacchettoni principe di Galles e stivaletti El Charro arabescati. La globalizzazione di Peppe Piccionello è peggio del peggior incubo di George Orwell.

Messaggio.

– Lamanna, dove sei?

È Alessandro Robecchi. L'ho conosciuto due mesi fa a Castellammare del Golfo, ho presentato un suo libro al liceo Piersanti Mattarella: è andata bene, soprattutto tra le studentesse che se lo mangiavano con gli occhi, sarà che l'accento milanese in Sicilia suona esotico quanto il brasileiro di Gilberto Gil.

Insomma, eravamo rimasti che lo avrei cercato al mio primo approdo a Milano. Gli ho mandato un messaggio stamattina alle dieci, con efficienza meneghina risponde sette ore dopo.

– Piazza Gae Aulenti – scrivo.

Già immagino la risposta.

– Ma che ci fai? È da provinciali.

– Aspetto un amico col Suv che mi porta a prendere un aperitivo alla Bovisa.

– Lì c'è un posto figo.

– Ma lì è tutto figo, l'ho letto nei tuoi libri.

– Lamanna, và a dà via i ciapp. Do you understand?

– Ho orecchio per le lingue. Ci vediamo?

– Oggi giornata difficile.

– Me l'avevano detto, si è sparsa la voce anche tra noi migranti.

– Ma va a ciapal in del cu, Lamanna.

– Suca – scrivo.

Poi mi sembra brutto imporre la mia superiorità linguistica.

– Scusami, non è un insulto. È un imperativo popolare, sai ci hanno scritto sopra tesi di laurea.

– Suca forte – risponde lui.

– Ti stimo anche io. E mi piacciono i tuoi romanzi, ma non capisco perché hai scelto di ambientarli in una città immaginaria con uno strano nome: Milano. Inverosimile.

Capitolo 2

Ricordo dov'ero quando ammazzarono Giovanni Falcone, so perfettamente cosa facevo la domenica di luglio quando mi arrivò la notizia dell'autobomba contro Paolo Borsellino e ricordo, come quasi tutti, il cielo azzurro di quel martedì 11 settembre, ma per quanto mi sforzi non riesco ad avere alcuna memoria di mercoledì 4 febbraio 2004.

Eppure sento che dovrei saperlo, perché se ora siamo qui come Totò e Peppino a Milano, e manca solo il vigile in divisa per chiedergli che noio volevam savouar, tutto ebbe inizio – come avrebbe scritto Alexandre Dumas – il 4 febbraio 2004 in una stanza dell'università di Harvard dove un disgraziatello chiamato Mark Zuckerberg si inventò una stronzata che in un mondo normale avrebbe affascinato solo i suoi parenti, ma che invece mi ha costretto a percorrere duemila chilometri per inseguire un like. Solo per questo motivo Harvard dovrebbe autodistruggersi; e per aver dato una laurea all'ex wrestler David Otunga che basta vedere le foto per rimanere basiti.

Ora, se questo fosse un romanzo, uno potrebbe mettere insieme una serie di coincidenze e casualità degne di Raymond Carver, capace di far pensare che tutto accada per sbaglio, nella vita come nei suoi racconti. Ma la ragione molto più meschina ha il nome – che non ricordo – della figlia di una cugina di Peppe Piccionello considerata il genio di famiglia, la quale invece di godersi la vita a Edimburgo o a Berlino dove passa gran parte dell'anno, ha dedicato il suo tempo a costruire la pagina Facebook di Piccionello, corredata da alcune foto del sopracitato Piccionello in compagnia di Jude Law, Daniel Radcliff, Gwyneth Paltrow e altre celebrità della fabbrica delle stelle, scattate da chissà chi alla mostra del cinema di Venezia dove ci eravamo trovati nel settembre scorso per un lavoro che poi finì purtroppo male.

– Che ora si è fatta? – chiede Peppe.

– Cinque e venti – rispondo.

– Che dici, cominciamo a muoverci?

– Peppe, ti ha detto dalle sei in poi. Non dobbiamo essere puntuali. Anzi.

– No, dobbiamo. Siamo a Milano.

– Siamo a Milano ma non abbiamo un appuntamento con Mediobanca. È l'inaugurazione di una galleria d'arte.

– Saverio, tu sei capace di arrivare in ritardo perfino alla morte.

– Non hai nemmeno l'orologio.

– A Màkari non serve.

– Certo, a Màkari siete eterni.

– Hai finito di sparare scimunitaggini? Andiamo che è meglio.

– Sei trepidante?

– Non voglio fare male figure.

In verità, Peppe è impaziente, come mai l'ho visto. È così da venti giorni. Il genio di famiglia, che gestisce la pagina Facebook di Piccionello da Edimburgo o da Berlino, gli ha raccontato – perché Peppe non ha pc, né smartphone, né tablet – che una certa Marisa da Milano aveva messo smile e like sotto tutti i post dove Piccionello appariva in calzoncini corti e infradito al Lido di Venezia. Non paga di cotanto entusiasmo, la Marisa aveva scritto in chat privata se si ricordava ancora di lei, che le aveva fatto assai piacere rivederlo, che non era cambiato per niente e che se fosse passato da Milano a fine aprile per il Salone Off avrebbe voluto averlo ospite all'inaugurazione della sua galleria. Da allora Piccionello, posseduto dallo spirito del giovane Werther, ha iniziato a favoleggiare sul suo passato di latin lover del west end siciliano.

A quanto pare, Marisa sbarcò a Màkari in un'estate che ancora in Sicilia non si sapeva cos'erano le vacanze, nessuno immaginava che si potessero fare i bagni a mare e la parola turismo era ignota. In questa Macondo alla fine della fine del mondo, in cui gli indigeni occupavano il tempo lasciando rozze e deliziose iscrizioni nelle grotte rupestri o tentando di accendere fuochi per scacciare le fiere selvatiche, Peppe e Marisa esplorarono anch'essi per la prima volta alcune esperienze sconosciute come il tuffo di mezzanotte, la vista del tramonto con la testa dell'una sulla spalla dell'altro e la dolcezza dei sussurri alla luce chiara della luna. Da qualche parte, un juke-box ripeteva le strofe di una canzone dei Collage:

Sole rosso dentro il mare
se apri gli occhi non vale
luna nuova sulla pelle
contro il tuo viso le stelle.

Poi, si sa come vanno le cose: il sole e la luna e le stelle se ne andarono, Marisa rientrò a Milano. Ti scrivo, telefonami, grazie, prego, scusa, tornerò. Il tempo passava, gli indigeni di Màkari intanto inventavano la ruota, la leva, il piano inclinato, il teorema di Pitagora, la macchina a vapore; infine scoprirono che potevano affittare le loro case su Airbnb. Peppe aveva dimenticato Marisa e viceversa, fin quando il teppista Mark Zuckerberg non inventò il sistema per fare ritrovare gente che nel frattempo si era felicemente perduta. E ora Piccionello non è più lo stesso.

– Dai, Peppe, andiamo a prendere la metro.

– Mai.

– Sei diventato luddista?

– Non ci infilare cose religiose. Io vado da Marisa col treno, secondo te?

– Peppe, è la metro, non la littorina.

– Prendiamo il tassì, Saverio, non voglio passare per miserabile.

– Il taxi è da provinciali, la metro è da metropolitani, appunto.

– Non mi convinci.

Il tassista è un siciliano che sta qui da ventidue anni: ci spiega che Melano non è più la stessa di un tempo, perché prima a Melano c'erano solo italiani e ora invece Melano è piena di neri, girano per le strade di Melano col machete, l'avete visto in televisione, no?, ma lui d'estate lascia Melano per tornare al paesello. Guardo fuori dal finestrino, ripenso alla storia del siciliano che va al nord, conosce la romagnola Milla Milord e torna con lei in Sicilia assumendo comportamenti continentali fin quando scopre che la ragazza, in realtà, è nata a Valguarnera Caropepe. Altro che settentrionale, è solo carrapipana.

Paghiamo sedici euro per sette chilometri e ventisette semafori, mentre il tassista ancora spiega che la Sicilia è bella però a Melano si lavora, a Melano si sta bene, a Melano è un'altra cosa, malgrado i turchi invasori (si crede ancora ai tempi della battaglia di Lepanto). Appena scendiamo, Piccionello va avanti chiuso in un silenzio elegante, austero e ansioso. Faccio segno al tassista di aprire il finestrino.

– Carrapipano sei e carrapipano resti – gli dico.

Lo lascio che urla qualcosa in carrapipano di cui capto solo un «coppola di minchia», a conferma che Melano è veramente piena di stranieri.

– Tutto a posto? – chiede Peppe.

– Solo una piccola questione etnica. Tu?

– Saverio, sono un po' emozionato.

– Dici veramente? Non l'avrei mai pensato.

Capitolo 3

Se la sciura Marisa, come racconta Peppe, da ragazza era una figlia dei fiori, ormai è da tempo ravveduta. Contrita per aver creduto nell'ingenuità della prima giovinezza a Peace & Love, ora gli unici fiori che tollera sono quelli istoriati sui suoi sandali Dolce & Gabbana.

– Ma che bella sorpresa! – esclama a voce alta, appena entriamo.

– Ma non gli avevi detto che venivi? – sussurro a Peppe.

– Certo, lo sapeva benissimo – mi dice a mezza bocca.

– Ho capito, è la sorpresa di chi non si sorprende più di niente.

– Peppe, mi fai felice. Arrivi dalla Sicilia? – dice Marisa con voce nasale.

Peppe sorride.

– Dille che veniamo da Abbiategrasso, così la stupisci – bisbiglio.

Marisa ci viene incontro mostrandoci con orgoglio le labbra al silicone.

– Amo la Sicilia. Vado sempre a Salina.

– Salina non è Sicilia – dice Peppe.

– Sei sempre il solito, Peppe. Come si chiama il posto dove ci siamo conosciuti? – e regala a Peppe un bacio asciutto sulla guancia.

– Màkari – dico.

– Chi è questo bel giovane? Tuo figlio? – fa Marisa, indicandomi.

– No, un mio amico. Saverio Lamanna.

– Ma che bella sorpresa – ripete.

A quanto pare, Marisa finge di sorprendersi per poco.

– Sono contento di vederti, sei ancora bella – fa Peppe, con un po' di timidezza – è passato tanto tempo.

Vedo Marisa irrigidirsi. Non può stringere gli occhi perché il botulino lo impedisce, ma scorgo un lampo ferito nello sguardo.

– Ma non parliamo del passato. Il tempo non esiste. L'importante è essere qui. Tu di cosa ti occupi, Peppe?

– Di Saverio Lamanna.

Marisa scoppia in una risata sopra le righe.

– Sempre il solito.

– Sai, Marisa, io sono venuto perché in tutti questi anni mi è capitato spesso di pensare a te.

– Che carino.

Peppe carino? Mah.

– Ogni volta che vado sotto Monte Cofano, mi sembra ancora di vederti seduta sullo scoglio.

– Monte Cofano. Certo, da dove si vedono tutte le Eolie – e Marisa sembra perduta nel ricordo del paesaggio.

– Da Monte Cofano si vedono le Egadi, non le Eolie.

– È vero. Oddio, come sono sbadata. Scusa, Peppe –

guarda dietro le nostre spalle, verso l'ingresso. – Ma che bella sorpresa.

Mi giro, riconosco un ex banchiere che per qualche mese è stato perfino ministro.

Marisa si avventa sull'ospite.

– Arrivi da Roma? Ma che piacere – esclama protendendo in avanti le labbra gonfie e lucide per schioccare due baci di prammatica sulle guance del banchiere.

Lo sguardo di Piccionello si spegne.

– Peppe, io vado a prendere qualcosa da bere.

Mi infilo tra la folla degli invitati, sorpasso due paia di sandali Prada, tre vestiti Caraceni, una gonna Versace, due Church's martellate, molte gambe femminili senza calze e numerosi pantaloni da uomo col risvoltino, per arrivare infine al tavolo dell'alcol.

– Champagne? – chiede il barman.

– Sì, per brindare a un incontro.

Capitolo 4

– A che punto sei? – scrivo a Suleima.

– Scusami, ritardo. Abbiamo un problema – risponde.

– Anche io ce l'ho. Dai, sbrigati.

Il mio problema indossa una giacca di pelle a tre quarti, camicia gialla, pantaloni principe di Galles e l'espressione contrita di uno che a cinquanta e passa anni ha scoperto che il mondo è spesso crudele, se non beffardo.

Mi avvicino a Peppe impugnando la tazza di rame del mio terzo moscow mule al sapore di detersivo per piatti. Mesto, Piccionello se ne sta accanto a un'installazione di led colorati che ricostruisce il volto di Gesù con corona di spine e la scritta «Don't cry for me Palestina».

– Tutto bene? – gli chiedo.

– Benissimo.

Paragono Gesù al led e la faccia di Peppe.

– In effetti, stai come un Cristo dentro una cappella.

Scuote la testa e non risponde.

Passano due invitati.

– Te lo dicevo io: i bitcoin sono merda – dice uno.

– Cazzo me ne frega. Ora sto tutto puntato sulla Cina via Lussemburgo.

– Ma di che parlano? – mi chiede Peppe.

– Finanza. Guadagnano coi soldi tuoi.

– Ma io non ne ho.

– Questi si giocano anche i soldi che non hai.

– È tutta colpa della figlia di mia cugina – fa Peppe, quasi tra sé e sé.

– Quella di Edimburgo?

– No, sta in Germania. Doveva spiegarsi meglio.

– Cosa doveva dirti, poveraccia? Ti ha detto che Marisa ti aveva invitato a Milano e tu sei venuto. Cosa ti aspettavi? Una proposta di matrimonio?

– Mi ha detto che questa era una galleria.

– Perché, cos'è? Non mi sembra un'officina di elettrauto.

– Non è una galleria. Marisa me l'ha spiegato, ora non ricordo. Ma io ho fatto una mala figura.

– Non l'unica.

– Che vuoi dire?

La bionda armata di tacco dodici che mi versa addosso il ghiaccio tritato del suo mojito, con relativo Bacardi, lime, zucchero di canna e angostura, fa invece una gran bella figura nonostante regga male i cocktail caraibici.

– Oh, scusa – dice cercando di togliere le foglioline di menta dalla mia camicia.

– Tranquilla, adoro essere travolto da un insolito destino – rispondo, mentre stacco la stoffa fradicia dalla pelle.

– Sono proprio tutta bionda – fa lei.

– Mi sembra evidente.

– Sono veramente stupida, non trovi?

– Questo non è ancora così evidente. Ma voglio fidarmi di te.

– Tu sei l'amico di mamma che viene dalla Sicilia?

– No, l'amico di mamma è questo signore che sprizza allegria da ogni bulbo capillare.

– Io sono Lodovica.

Presentazioni di qua e di là, strette di mano, amici da sempre e per sempre perché la ragazza che sbanda sui tacchi come la proverbiale utilitaria sull'asfalto reso viscido dalla pioggia, è stata spesso in vacanza a Salina e di conseguenza ama la Sicilia, ama i siciliani, ama le granite di gelsi, tutti requisiti sufficienti per essere nominata assessore regionale all'Identità Siciliana.

– Peppe, sorridi, sei entrato nella famiglia – gli sussurro.

– Ti piace? – chiede Lodovica a Piccionello.

– Cosa? – fa Peppe.

– La galleria di mamma.

– Non è una galleria – fa Peppe.

– Marisa, cioè mamma, la chiama concept home art, ma è una galleria. Mio padre ha speso quasi un milione di euro, ci mancherebbe solo che non ti piace.

– Tu quanto hai speso per Marisa? – chiedo a Peppe.

– Le avevo regalato un paio di orecchini di corallo.

– Memorie di un piccolo mondo antico.

– Sai, papà doveva farsi perdonare perché è andato a letto con la migliore amica di mamma – fa Lodovica, ora incollata alla mia camicia al mojito, col fiato delle ragazze molto giovani e molto ubriache.

– Interessante, credo di averlo già letto su «Dagospia» – dico e tento di rimetterla in asse col mondo, come si fa con un quadro storto.

In questo palazzetto rosa a tre piani con giardino annesso, dalle parti del quartiere cinese, i miei soldi sono impiegati con gusto e intelligenza. Il papà di Lodovica, nonché marito adultero della Marisa, anni fa ha incassato una liquidazione di sette milioni di euro per essere riuscito a portare al fallimento un'azienda come Alitalia o Enel o Poste Italiane, non ricordo più i dettagli. È bello avere coscienza di come vengono messe a frutto le tasse degli italiani. Viene quasi voglia di pagare di più. Aveva ragione don Gesualdo da Comiso: quando mi rubano tutto voglio pure regalare qualcosa.

– Vuoi scopare? – mi sussurra Lodovica, mentre il mojito le tracima dalle iridi celesti.

– Guarda, come se avessi accettato. Mi piace restare incensurato, ripassa appena prendi la patente.

– La patente ce l'ho. Ho pure la Smart. Andiamo, dai – mi prende per mano, tenta di trascinarmi via.

– Peppe, che devo fare con la tua figlia putativa? L'azzoppo con una pedata?

– In questa città sono tutti pazzi, Saverio.

– È vero. Ma non lo sanno.

Ecco che proprio nel momento in cui, fradicio di mojito, vengo strattonato dalla figlia di papà che avrà già meritato almeno due servizi fotografici su «Style Magazine», vogliosa di una one-night stand col vichingo che venne dal sud, tuttoduntratto spunta Suleima.

– Non è come pensi tu – dico, e riesco a mollare Lodovica che finisce a terra, mostrando en plein air di tenere in nessun conto la biancheria intima.

– È la stessa frase che ripete sempre Weinstein.

– Suleima, sei molto del nord, ma sei ancora italiana. Comprendi bene il fascino del merlo maschio.

Peppe risolleva Lodovica da terra, la colloca su un divano dove resta a gambe larghe e con la testa piegata come la bambola Rossana di mia sorella dopo che le avevo spezzato il collo.

– Confermo. Questa volta Saverio si è comportato bene – fa Peppe.

– Questa volta è già una parziale ammissione – risponde Suleima. – Lui è Teodoro, un mio collega. Anzi, uno dei boss dello studio.

Il boss si schermisce – macché, Suleima è troppo generosa – e già l'aggettivo mi infastidisce, ché di ragazze generose sono pieni i letti. Ma il boss Teodoro è in vena di complimenti per Suleima e li elenca in ordine alfabetico tirandoli fuori dal suo maglioncino aderente a collo alto che ben scolpisce pettorali e addominali, levigati dalla costanza, dalla tenacia e dal personal trainer a 65 euro l'ora.

– Ho voglia di un moscow mule – fa Suleima.

E il boss parte verso il banco del barman con l'accelerazione di una monoposto Williams di Formula 1.

– È ben addestrato. Sa stare anche dritto sulle zampe posteriori?

– Saverio, non fare il cretino – dice Suleima.

– Vabbè, ma gli chiedi una cosa impossibile – commenta Peppe.

– Credo che voi due siate le persone che mi vogliono più bene al mondo – faccio.

Suleima mi stampa un bacio.

– Hai ragione, mio Weinstein di provincia.

– Mai molestie, solo amori molesti: alla Ferrante – le sussurro.

Con un occhio intravedo Lodovica che vomita dentro una ciotola dell'età del bronzo.

Peppe si intristisce alla velocità di un tramonto tropicale.

– Io me ne vado – dice.

– Ora che sono arrivata io? – chiede Suleima.

– Non regge la felicità – dico – intolleranza tipica dei siciliani nati nel secolo scorso, una cosa genetica. Hai presente l'anemia mediterranea?

– Saverio, ma che ci faccio qui? – dice Peppe.

– Se lo chiedeva anche Chatwin.

– Chi?

– Uno come te: anima in pena.

– Vado a Gessate a trovare mia cugina Sharon, almeno sono sicuro che mi tratta bene.

– Sharon? – fa Suleima.

– Che c'è di strano? Siccome è mia cugina deve chiamarsi Crocifissa?

– Lascialo in pace, Suleima, non è la serata giusta.

Il boss in dolcevita è tornato con il moscow mule per Suleima, a dimostrazione che si può essere ceto dirigente senza perdere l'umiltà, la cortesia e i valori proclamati nel primo articolo della Dichiarazione universale dei diritti umani. Mi chiedo quale sarebbe il suo comportamento se a Suleima mancassero sette diottrie, avesse un accentuato prognatismo mascellare e fosse sprovvista del suo stacco di gamba.

– Suleima mi ha detto che scrivi libri, ci diamo del tu vero? – mi dice il boss.

– Ma diamoci pure del voi – faccio.

– Non li ho letti, mi dispiace – sorride Teodoro.

– Sei in compagnia del 99,99 per cento della popolazione mondiale.

– E come lo sai? – risponde. La prende sul serio.

– Ho fatto il calcolo.

– Quindi, considerando che siamo sette miliardi e mezzo...

– Se fai la proporzione inversa capisci quante copie vendo. Suleima, accompagno Peppe alla metro e ritorno.

Mentre andiamo verso l'uscita la vedo ridere per qualcosa che dice Teodoro. Non so perché, ma il fatto mi infastidisce. Che ci faccio qui?

Capitolo 5

Non ci sono rumori. Non si sente il tram che frantuma le curve con scintille di fuoco. Non si sentono le sirene che tagliano la città. Non si sente nemmeno il mare di Màkari, né il vento del golfo, né i gabbiani. C'è il respiro leggero di Suleima che nel sonno mormora qualcosa come distante o pesante, non capisco bene.

Vorrei fumare una Marlboro rossa affacciato sul cortile di questa casa di ringhiera tra Porta Ticinese e corso San Gottardo, restare sveglio a indovinare quale sarà la prima luce ad accendersi negli appartamenti di fronte, per capire se esistono ancora i tranvieri che si svegliano all'alba, anche se non credo abitino più lungo i Navigli a seimila euro a metro quadro.

Ripasso immagini recenti acchiappate dal finestrino della Smart car2go. Le luci gialle, l'ombra dei controviali, le auto parcheggiate sui marciapiedi larghi, il pavé segnato dalle rotaie del tram e mi balla in mente quanto diceva Brancati di Zafferana Etnea: sono qui e vorrei essere ancora più qui, la realtà mi dà un piacere così forte da spingermi al desiderio di lei.

Ecco, affacciato ora sul cortile con le bici legate alla rastrelliera, sono a Milano ma vorrei essere a Milano, proprio qui e adesso, con Suleima là dentro che dorme a pancia in giù e il pugno stretto. Cos'è, nostalgia? Dovrei chiamare mia madre, nell'ora incerta tra la notte e il giorno, chiederle se mi succedeva così quando fissavo il cielo di maggio e cercavo in lei conferma che era proprio primavera, la scuola sul finire e l'estate vicina. Ricordi cosa ripetevo, mamma? Dimmi che è tutto vero. Dovrei telefonarle subito, a costo di svegliarla nel sonno e farla allarmare, ma non ho più il numero, l'ho cancellato quando è morta sulla terrazza della casa di Màkari, seduta sulla sua poltrona, la faccia rivolta a Monte Cofano mentre mio padre dall'altra stanza gridava spazientito perché non trovava la sua camicia a quadri col bordino blu sul taschino.

– Non dormi?

Suleima è arrivata silenziosa e lieve sui piedi scalzi.

– È una forma di sonnambulismo. Cerco di ricordare l'incipit di *The big sleep*, per conciliare il sonno.

Suleima mi passa le dita fra i capelli e divento subito gatto.

– Dai, torna a letto, qui fa freddo.

– Con tutti i guai che avete a Milano, pure il freddo a primavera. Ve lo fanno pagare caro il reddito pro capite più alto d'Europa.

– Smettila, non fare così – mi sussurra con un bacio nell'orecchio.

– Non do fastidio a nessuno se ripasso a memoria gli incipit dei cento libri fondamentali del Novecento. Non ricordo l'inizio della *Recherche*, maledizione.

– Lamanna, smettila.

– È il solito vizio assurdo dei disoccupati intellettuali della Magna Grecia: non producono, ma ricordano. Volete toglierci pure i nostri passatempi velleitari?

La sento nuda sotto la mia camicia che le cade addosso meglio che a me, mentre mi abbraccia.

– Torniamo a letto, Lamanna.

– Sì, ma prima rimetti nel fodero la spada di Damocle.

Finita la frase, qualcosa mi suggerisce di avere commesso un errore. Suleima si stacca, i capelli davanti agli occhi, lo sguardo cupo.

– Saverio, mi hai rotto. Chi ti ha chiesto niente?

– È un problema allergologico. Sono intollerante alle scelte. Certificato: ho fatto i test.

– Saverio, non sentirti indispensabile. Se vuoi restare a Milano sai che c'è una casa, qualche possibilità di tornare nella società civile e, tra l'altro, ci sono anche io. Non ti va? Torna a Màkari. È la tua vita.

– Sì, ma c'è di mezzo la tua.

– Non preoccuparti per me, Saverio. A me sta bene così, magari diventiamo come Livia e Montalbano: felici e distanti.

– Trasferirsi a Milano da un giorno all'altro è difficile.

– Lo so, me l'hai spiegata la cosa dei siciliani di scoglio e di mare aperto. Hai deciso di farti scoglio? Fatti tuoi.

– Suleima, laggiù ho molti impegni.

– Ah, sì, quali? Tanto per saperne parlare.

– Devo finire il prossimo libro, verificare il tasso quotidiano di sicilitudine, costruire illusioni perdute e rileggere *Il Gattopardo*.

– Hai ragione, Saverio.
– Sei sarcastica.
– No, rassegnata. Sbaglio se penso di cambiarti. Sei irredimibile.
– Non dirlo, è troppo scontato.
– Scontato, ma vero.
Torna a sorridere con una piega piccola, triste e irresistibile. Riporta le sue gambe e la mia camicia verso la camera da letto.
– Non chiedo niente, Saverio. La vita con te mi piace così.
– È un lungo addio?
– No – sorride – se vieni te lo spiego.
E cosa posso fare? Seguo i suoi passi nudi, destinazione paradiso.

Capitolo 6

A occhi chiusi, ancora penso come può uno scoglio arginare il mare, questione tuttora irrisolta dopo mezzo secolo. Mi sembra di aver trovato la soluzione, ma il carrello dell'Airbus 320 della Vueling tocca con uno scossone la pista del Falcone-Borsellino e mi distoglie dai miei astratti furori, riportandomi alla realtà.

Realtà che, per inciso, si concretizza nello sguardo di Piccionello fisso sulle istruzioni per i casi di emergenza incollate sulla testata del sedile davanti a noi.

– Ti stai preparando al concorso per pilota? – gli chiedo.

Mi osserva come se fosse lontanissimo da qui, a una distanza stellare.

– Sono fatto vecchio – dice, quasi parlando a se stesso.

– È vero. Siamo vecchi, Chevalley, vecchissimi.

– Non posso farlo il concorso. Non posso fare più niente.

Non sono abituato alla malinconia di Peppe Piccionello, mi sembra fuori luogo come il petrolchimico piazzato nel golfo di Priolo.

– Dai, Peppe. Siamo arrivati. Finalmente a casa.

– Andiamo da tuo padre?

– Sì, ci aspetta. Maricchiedda ha preparato la pasta con i broccoli arriminati.

– Allora non posso dire di no.

Abbandonato il travestimento da Donnie Brasco, si è rimesso i panni di Piccionello. «Sicily, l'attimo fulgente» c'è scritto sulla sua maglietta.

– Anche questa maglietta è frutto del genio di famiglia?

– Sì, la figlia di mia cugina. Ma non sempre la capisco.

– In effetti, è un po' troppo letteraria.

I passeggeri si alzano in piedi, impazienti di uscire dall'aereo, malgrado i portelloni siano ancora chiusi.

– Saverio, allora sei proprio tu? – mi dice uno, vestito grigio e cravatta.

– No, sono mio fratello – rispondo, giusto per prendere tempo perché non so chi sia.

– Hai messo su qualche chilo?

– Per ragioni di lavoro, metodo Stanislavskij.

– Pure io dovrei mettermi a dieta. Ma con la vita che facciamo.

Non so che vita faccia lui, non so nemmeno che vita sto facendo io.

– E come ti va?

– Sempre le solite cose, Saverio, lo sai bene.

Dovrei saperlo? Sfoglio gli album delle mie reincarnazioni precedenti per tirare fuori la sua scheda, ma l'uomo rimane ignoto quanto il milite del Vittoriano.

– Sei ancora al Viminale? – mi chiede.

Intuisco che deve provenire dal mio passato di portavoce di quel cretino di sottosegretario agli Interni per il quale lavorai due anni, tre mesi e undici giorni prima di essere licenziato perché una volta in un comunicato gli avevo fatto dire qualcosa di intelligente che era finita sui giornali, a disdoro della sua imbecillità.

– No, il Viminale è stato chiuso.

– Chiuso?

– Sì, è fallito. Il paese non delinque abbastanza. Speriamo che con gli immigrati si rialzi la media, perché gli italiani sono troppo onesti.

– Saverio, sei sempre il solito. E ancora ci casco. Fatti sentire, dai. Mi servirebbe uno come te. Chiamami.

– Ma non rispondi mai.

– Hai ragione, ho cambiato numero – e mi tende il biglietto da visita con lo stemma dell'Assemblea Regionale Siciliana. Renato Li Vecchi, deputato all'Ars, mail e cellulare. Finalmente ricordo: era amico del sottosegretario che mi ha licenziato, ma nel frattempo ha cambiato almeno quattro partiti, ecco perché non ha mai tempo per mettersi a dieta. Mi saluta e sfila via, perché hanno aperto finalmente il portellone.

– Non è l'onorevole Li Vecchi? – mi chiede Piccionello.

– Lo conosci?

– Viene in vacanza a San Vito Lo Capo, mia comare Lina gli affitta la casa.

– Peppe, sei peggio della Stasi.

– È una cosa che mi può offendere?

– Anzi. È un complimento.

– Mi fido perché ormai sei l'unico di cui mi fido. Di te e dei miei parenti.

– Quanti ne hai?

– Una novantina.

Capitolo 7

Il telefono squilla mentre saliamo in ascensore.

– Arrivato? Tutto bene? – chiede Suleima.

– No, l'aereo è precipitato. Io e Peppe siamo gli unici sopravvissuti, ti rispondo aggrappato a un'ala che galleggia tra Ponza e Ustica. Scusa se c'è poco campo.

– Perché sei così acido?

– Non sono acido. Ma qui prende male.

– Ho capito. Richiama quando vuoi.

Peppe mi rivolge un'occhiata di disapprovazione.

– Sono acido? – gli chiedo.

– Sei vastaso, facchino e maleducato.

– È tutto?

– No, pure cretino. Così devi rispondere a quella picciotta?

– Solo tu hai diritto al malumore?

– Io ho le mie ragioni. Tu hai una ragazza che ti vuole bene e ti lamenti pure...

– Guarda che l'amore è cosa complicata, mica come ai tempi tuoi, quando era tutto semplice.

– Saverio, le cose sono sempre state complicate.

– Quando le donne avevano la coda era tutto più chiaro.

L'ascensore si apre e mio padre è già sulla porta di casa.

– Peppe, che bella sorpresa – papà ha preso la stessa malattia di Marisa, deve esserci un'epidemia.

– Professore, potevo mai rifiutare un suo invito?

Piccionello chiama mio padre professore, non ho mai capito perché.

Il telefono. Ancora.

– Scusami bambina – sussurro per non farmi sentire da Peppe e mio padre, con la mano davanti alla bocca.

– Bambina? Saverio, sono Accursio Sabella. Ti ricordi? Ci siamo visti la scorsa estate a San Vito, al Cous Cous Fest.

– Certo che ricordo.

– Allora è vero quello che dicono, che sei fimminaro?

– Le solite fake news. Dimmi, Accursio.

– Sai che sono diventato direttore di «LiveSicilia»?

– Sì, l'ho letto da qualche parte.

– Vogliamo fare una serie di servizi sui luoghi della Sicilia patrimonio dell'Unesco. Abbiamo anche lo sponsor.

Sento la parola sponsor e avverto l'odore dei soldi: il mio conto corrente è uno dei pochi luoghi dell'occidente ancora dentro la recessione globale.

– Accursio, sai che ho molti impegni – dico, tanto per mercanteggiare.

– Lo so, scrivi libri e poi ti ficchi sempre nei guai. Ma se potessi trovare il tempo. Vorrei dei servizi d'autore, con un taglio particolare. Di scrittura, ma anche video, per il sito. Sai che oggi tutti cliccano le immagini.

– Ho sentito dire che siamo nella civiltà delle immagini. Me lo diceva sempre Giovanni Gutenberg: vedrai che prima o poi mi fregano. Ma come ti dicevo sono molto impegnato. Sto scrivendo il mio capolavoro per la stagione autunno-inverno. Sai come sono gli editori: premono, pressano, pretendono e pagano poco.

– Ma noi paghiamo. Ci sono dei soldi, anche se non tantissimi.

– Vabbè, ci penso. Ti richiamo più tardi. Scusami, ma sono in una conferenza al Salone del Libro di Torino.

Mio padre e Piccionello, sempre sulla soglia, hanno sentito tutto.

– Saverio, perché racconti sempre bugie?

– Papà, non sono bugie. Business as usual.

– Mi vuoi coglionare in inglese?

– No, papà. I love you – dico.

Lo abbraccio. Ogni volta mi sembra stia diventando più piccolo, più fragile.

– Venite dentro, ho l'acqua per la pasta sul fuoco.

I'm on fire canta Bruce Springsteen. Mio padre, nato a Palermo, cresciuto a Palermo e ivi da sempre residente, si sente born in Usa. Presumo sia una conseguenza del processo di invecchiamento.

– Da quando ascolti Bruce? – chiedo in cucina, spiluccando i semi di sesamo da una mafaldina.

– Per colpa tua – fa mio padre, mentre assaggia la pasta ancora troppo al dente.

– Io che c'entro?

– Nel tuo ultimo libro hai scritto che ascoltavo Jim Morrison. E così sono entrato nel personaggio.

– L'hai raccontato tu che dovevi andare con mamma all'isola di Wight.

– Credi ancora ai padri?

– Adesso ho capito chi mi ha insegnato a mentire.

– Il professore non è menzognero – interrompe Piccionello – parla con rispetto.

– Scusa, ho sbagliato: papà non dice bugie, si limita a distorcere leggermente la realtà.

– C'è poco da scherzare. È la cosa che fai sempre. Infatti io non sono come mi disegni nei tuoi libri – fa papà.

– San Luigino Pirandello, patrono dei personaggi in cerca d'autore, aiutami tu. Papà, almeno il libro l'hai letto? Finalmente.

– L'ha letto il mio amico Mimì, sai, lui i libri li divora: mi ha segnalato le pagine dove parlavi di me – e scola la pasta.

– Ti sei offeso? – gli chiedo.

– No, però Mimì dice che dovresti scrivere un vero libro su tuo padre, tipo quello che ha lasciato in salotto. Vallo a prendere.

Sul divano c'è una copia di *Le otto montagne* di Paolo Cognetti.

– Papà, ma Cognetti ha vinto lo Strega – grido verso la cucina.

– Anche tu potresti vincerlo – mi risponde.

– Ai giallisti lo Strega è vietato.

– Saverio, la pasta è pronta.

Mangiamo in silenzio. Il broccolo, lo zafferano, l'uva passa, i pinoli, il cacio ragusano. In questa cucina chiara di luce ritrovo l'equilibrio cosmico, i pianeti si allineano, yin e yang si placano, il mondo non si è fermato mai un momento, la notte insegue sempre il giorno, e il giorno verrà. Mi sembra di sentire la voce di mia madre che dice mastica lentamente, non ti ingozzare, ma c'è solo silenzio e una sirena di ambulanza che passa lontana.

– Papà, i tuoi canarini non cantano più?

– Sono scappati – spiega papà. – Prendi un altro po' di pasta?

– E perché? Stavano così bene in gabbia.

– Animali senza gratitudine. Avevano mangime assicurato, tuorlo d'uovo il martedì e occasioni di accoppiamento. Hanno preferito i pericoli della libertà.

– In fuga dal socialismo reale.

– Voglio vedere là fuori come se la passano con i gatti e con i gabbiani.

– Devi scegliere canarini ortodossi, non dissidenti.

– Solo i ribelli sanno cantare. Piccionello, come mai così silenzioso?

Peppe si stringe nelle spalle.

– La vita gli ha mostrato il suo volto feroce – dico.

– Professore, aiuto a sparecchiare. Saverio, non hai niente di meglio da fare?

Capisco che vogliono restare soli. Peppe è in vena di confidenze. Cerca la saggezza dell'età.

Messaggio su WhatsApp. Suleima.

– La prossima settimana sarò in Sicilia. Favara, Farm Cultural Park. Magari la cosa può ancora interessarti...

I tre punti di sospensione implicano risposta riconciliante.

– Sono pazzo di questa notizia – commento.
– Allora quando rinsavisci fatti sentire.
Chiamo Accursio Sabella.
– Ciao. Accetto. Se non sbaglio, la Valle dei Templi di Agrigento è patrimonio Unesco. Potrei partire da lì.
– Magnifico, Lamanna. Benvenuto a bordo.
E la nave va.

Capitolo 8

Appena scesi dall'autobus della compagnia Russo che copre la tratta Palermo-San Vito Lo Capo, l'orizzonte si spalanca d'azzurro sopra il golfo di Màkari, percorso da nuvole veloci che spingono il sole al tramonto anche se «meteo.it» mi assicura che sta piovendo, ma il cielo per fortuna non legge le previsioni.

Dovrei scrivere sempre così. Il mio editore mi consiglia di mettere qualche descrizione in più: i luoghi sono belli, alimentiamo un po' di turismo verso questa zona della Sicilia, così magari facciamo una fiction e bissiamo il successo di Punta Secca nel ragusano dove Montalbano pesa quanto una finanziaria.

Peppe si è congedato con un mesto cenno della mano – mischino, non l'ho mai visto così turbato. Arrivo a casa, trovo nel frigo una bottiglia di zibibbo aperta, me ne verso mezzo bicchiere.

Dovrei scrivere, ma non ho voglia. Ho firmato un contratto, ho preso l'anticipo, l'ho già speso e non ho ancora buttato giù una riga.

Sul desktop del mio computer c'è un file con una serie di titoli possibili del mio prossimo romanzo. Alla

Camilleri: *La cassata di Vigàta*. Alla Malvaldi: *L'ultimo burraco*. Alla Manzini: *Nec tecum nec sine te*. C'è solo un problema: non so cosa scrivere e non voglio saperlo. Ciò rischia di compromettere la mia carriera: dall'esordio all'estinzione, vita breve di uno scrittore felice e sconosciuto. Ecco, potrei scrivere la mia autobiografia da pubblicare postuma. Per le raffinate edizioni Henry Beyle, a tiratura limitatissima. Una chicca che non legge nessuno.

Yo que siempre trabajo y me desvelo
por parecer que tengo de poeta
la gracia que no quiso darme el cielo.

E allora? Ci manca solo questa qui, come se non avessi già la mia crisi di creatività, con relativa perdita di autostima.

¿Usted entiendes?

La mia app per imparare lo spagnolo – gratuita e sponsorizzata – si è trasformata in un virus che ha contagiato ogni mio dispositivo elettronico. All'inizio mi era quasi simpatica, l'avevo ribattezzata Teresita per il suo castigliano un po' nasale (un'amica di Barcellona mi aveva spiegato che era il tipico insopportabile accento madrileno, credo però lo dicesse solo per nazionalismo catalano), ma era un'altra stagione della mia vita: lavoravo, guadagnavo, abitavo a Roma e potevo cullare il sogno di aprire un chiosco di granite a Formentera. Adesso Teresita è solo un bug della mia esistenza, un programma difettoso e capriccioso. Suleima non la sopporta: l'estate scorsa, a uno spettacolo nel teatro greco di Segesta, sul monologo di una pessima attrice nel silenzio incantato dell'anfiteatro, Teresita cominciò a gridare dal mio telefono:

Lástima, lástima, lástima.

Pubblico pagante e non pagante indignato, attrice in deliquio, a Segesta mi hanno segnalato con un Daspo perpetuo, l'unica cosa buona fu la sospensione ab aeternum dello spettacolo, senza alcuna nuova replica, cosa per cui la comunità teatrale nazionale e internazionale dovrebbe ringraziarmi.

¿Usted entiendes?

No, non intendo. Ma devo rispondere secondo protocollo, sennò non si zittisce più.

– ¿Usted entiendes?

Miguel de Cervantes.

Questo lo conosco.

Miguel de Cervantes.

– Ho capito, non c'è bisogno di essere supponenti. Miguel de Carventes. Gioca nel Real Madrid, no?

Cabrón.

– Cabrón? Stai calma, sennò ti disinstallo.

Yo que siempre trabajo y me desvelo
por parecer que tengo de poeta
la gracia que no quiso darme el cielo.

– Tradurre, prego.

Io lavoro e sempre sto svelio
per mostrare del poeta
la grazia che non vole darmi el cielo.

– L'italiano è quello che è, ma capisco il senso. Volli, sempre volli, fortissimamente volli. Ma ai tempi di Alfieri e di Cervantes non c'era Netflix.

Qualcuno apre la porta che avevo lasciato socchiusa.

– Ciao, Peppe, già qui? Pensavo che volessi stare un po' da solo.

Piccionello si colloca davanti a me.

– Saverio, perché parli con questa cosa? – e indica il mio computer.

– È un'app. Serve a imparare lo spagnolo.

– Sì, ma tu ci parli.

– È normale. Ripeto in spagnolo le sue frasi.

– Ci ascolta? – sussurra.

– Chi?

– Questa appa.

– App, Peppe, si dice app.

Mi fa dei gesti, si passa il pollice di taglio sulla gola.

– La spengo?

Fa di sì con la testa.

Chiudo il computer.

Peppe lo solleva piano tra le mani, lo infila dentro lo stipetto delle pentole e delle padelle.

– Stai diventando paranoico? Mi sembri uno di quei matti che credono di essere sorvegliati dalla Cia.

Non risponde, ma si muove guardingo. Temo che lo choc da sedotto e abbandonato abbia compromesso il suo Io o il suo Ego o il Superego, ricordarsi di chiedere a Freud.

È tornato a indossare il costume da aborigeno di Màkari, infradito, pantaloncini corti e una delle sue magliette. Questa ha una scritta un po' classicheggiante: «Siciliae, Siciliarum, Siciliis, Sicilias, Siciliae, Siciliis. L'isola plurale».

Viene a sedersi vicino, parla a voce bassa.
– Saverio, quando vai ad Agrigento?
– Parto domani.
– Mi porti con te?
– Ma certo – capisco che Peppe ha bisogno di distrazioni.
– È una cosa delicatissima, Saverio. Non deve saperlo nessuno.
– Nemmeno io?
– Meno sai meglio è. Per la tua sicurezza.
Sembriamo due jihadisti dell'Isis che preparano un attentato.
– Peppe, preferisci che parliamo in codice? C'era una volta un re, befè, viscotto e minè che aveva una figlia, befiglia, viscotta e miniglia...
– Saverio, non scherzare. È cosa seria. Sono in missione.
– Per conto di Dio?
– No, per conto di mia comare Lina.
– Forse dovrei avere qualche dettaglio in più, anche per proteggerti.
Peppe riflette.
– Forse hai ragione. Accendi la radio così non ci sentono, non si sa mai.
– Ma chi ci sente?
– Non capisci. Satelliti, droni, microspie. Siamo sotto controllo.
– Peppe, se non sapessi che sei senza tv, potrei pensare che sei un'altra vittima di Fox Crime.
– Fai come ti dico.

Precipitato dentro le peggiori pagine di Le Carré, vado ad accendere il mio stereo.

Quiero respirar tu cuello despacito
Deja que te diga cosas al oído
Para que te acuerdes si no estás conmigo
Despacito.

Se George Smiley accende una radio minimo minimo gli viene fuori un preludio in do diesis minore di Sergej Rachmaninov, a me tocca Luis Fonsi. La vita è sempre questione di soundtrack. Se avete un figlio, fategli ascoltare solo Ciajkovskij: ne farete un infelice di sicuro successo.

– Dunque, Peppe.

– Davanti casa ho trovato mia comare Lina. Mi aspettava, era molto agitata. Devi sapere che Lina ha una figlia.

– E fin qui siamo dentro il corso delle cose.

– Non mi interrompere. La ragazza qualche anno fa si è sposata con un giovane di Agrigento.

– Multietnica, quindi?

– Che intendi dire? È una bravissima ragazza. L'ho vista nascere, è mia figlioccia, l'ho battezzata.

– Lascia perdere, Peppe. Vai avanti.

– Suo marito è un po' fesso, ma con una buona posizione: ha un'impresa di famiglia che gestisce col fratello. Però da qualche tempo hanno problemi.

– Di che tipo? Tutti abbiamo dei problemi: pure tu, anche se non lo sapevi.

– Sono quasi scomparsi.

– Che significa quasi? O uno è scomparso o non è scomparso, tertium non datur.

– Un po' scomparsi – e qui Peppe abbassa ancor più la voce.

Ormai bisbiglia, mentre la radio strilla i successi della scorsa stagione.

Sotto il sole, sotto il sole
Di Riccione, di Riccione
Quasi quasi mi pento
E non ci penso più, e non ci penso più.

– Peppe, perdonami, ma non capisco. Alza la voce.

– Saverio, sei rintronato? Va bene, grido. Marito e moglie sono un po' scomparsi. A quanto pare hanno avuto problemi con la mafia e sono finiti sotto protezione. Mia comare non ha più notizie di sua figlia: non ha un numero di telefono, non ha un indirizzo. Ogni tanto la ragazza chiama, ma di fretta, senza spiegare niente. Capisci come può stare una mamma?

– Non c'è bisogno di essere mamme per capire. E che problemi hanno avuto con la mafia?

– Che ne so. Tu te ne intendi di queste cose di mafia?

– Sono siciliano, ho un cromosoma dedicato all'argomento. Anche se non vorrei.

– Appunto, conosci tanta gente, anche tra gli sbirri. Forse puoi aiutarmi. Devo portare dei soldi ai due, che a quanto pare sono rimasti senza un euro. E devo capire come stanno.

– Bene. Ora possiamo abbassare il volume della radio. Tanta precauzione mi sembra esagerata. Se è come dici tu, sono sotto la protezione dello Stato.

– Ti fidi dello Stato?

– E di chi devo fidarmi? Di Matteo Messina Denaro?

– Intanto lo Stato li ha sequestrati.

– Mi sembra un'iperbole. Le tue paranoie sono esasperate.

– Saverio, siamo in Sicilia. La prudenza non è mai troppa.

– L'unica vera prudenza sarebbe quella di non nascerci. Ma ormai è fatta.

Capitolo 9

L'automobilista in Sicilia accede a un sistema di simboli più complesso e astruso dei gradi di perfezione della massoneria. Posto il punto A presso la località di Màkari e il punto B presso la Valle dei Templi di Agrigento, dimostri il candidato qual è il percorso più breve, che non sia la retta, in quanto inesistente nelle contrade dell'isola, in termini di tempi e di durata. Per risolvere il problema occorrono almeno tre ore e mezza, necessarie a coprire meno di duecento chilometri.

L'aritmetica stradale siciliana infatti è il totale di un calcolo algebrico che somma valori positivi (velocità del mezzo, direzione del vento, orario della giornata, predisposizione d'animo, acqua e vitto a bordo, paesaggio circostante, tenuta della vescica) ad altri valori negativi (curve a gomito, lavori in corso, greggi in transito, crollo di viadotti, cavallette, carretti a trazione animale, calendario agricolo, motoapi 125 cc per trasporto merci, persone, bestiame).

Tempo fa Matteo Salvini tentò un esperimento elettorale: da Trapani ad Agrigento con i mezzi pubblici. Impiegò complessivamente sette ore, credendo di dimostrare ai siciliani quanto già sapevano sull'arretratezza dei trasporti nell'isola. Forse il leader leghista raccolse voti, ma passò alla storia come uno stravagante: nessun siciliano di media ragionevolezza intraprenderebbe quel viaggio affidandosi a bus e a treni. Chiunque lo facesse finirebbe nell'album degli eccentrici, al pari del principe palermitano che girò tante volte attorno al suo palazzo, seguito da un domestico, fino a coprire la distanza tra Palermo e Gerusalemme senza mai allontanarsi da casa.

La Seat Ibiza, gentilmente ceduta in comodato gratuito da una parente di Peppe, non divora l'asfalto. Ma ha il passo giusto per affrontare la 187, la 188, la 113, la 115 e le molte statali ultracentenarie, al punto che per buona parte della mia vita ho pensato che le strade fossero tutte a tre cifre come le camere degli alberghi che vogliono far credere di avere centinaia di stanze. Quando, ormai in età della ragione, scoprii che in Italia esistevano le statali dei numeri primi – la 1, la 2, la 2 bis, la 3, la 3bis e perfino la 3ter – rimasi turbato. La numerazione dipende dall'anzianità: l'Aurelia, la numero 1, è stata costruita duemila anni fa, le strade siciliane risalgono appena all'altro ieri, ma sono nate male.

– Cosa pensi di fare, quindi? – chiedo a Peppe.

– Vado nella sede dell'impresa e cerco di parlare con qualcuno.

– E dov'è?

– Nella zona industriale di Agrigento. Così ha detto mia comare.

– E se non li trovi?

– Non so, Saverio. Qualcosa dobbiamo inventarci.

– Peppe, te lo dico chiaro. Io devo lavorare.

– Saverio, non usare parole troppo severe.

– Quali?

– Lavorare. In bocca a te suona male.

– Hai dei pregiudizi?

– No, ma ti conosco.

– Peppe, per una volta c'è qualcuno che paga un articolo. Sono eventi destinati a passare alla storia e io voglio esserci. Soprattutto vuole esserci il mio conto corrente.

Peppe gira lo sguardo verso il sedile posteriore per controllare la sua borsa.

– Che c'è? – gli chiedo.

– Sai, ho una responsabilità. Viaggiamo con un po' di soldi.

– E quanti sono?

– Seimila euro. Devo consegnarli ai due ragazzi, se li trovo.

– Hai seimila euro in contanti dentro la borsa? Ma chi ti senti, Pablo Escobar? Se ci fermano i carabinieri ci scambiano per narcotrafficanti.

– Esagerato. Una volta ho dormito per tre giorni con trenta milioni sotto il letto.

– Di euro?

– No, lire. Ma sempre tanti sono.

– Ma che facevi?

– Sorvegliavo l'eredità di un mio parente. Dovevo consegnarli a un mio cugino che viveva in Germania, ma suo fratello li voleva fare sparire. Mi aveva offerto pure un milione.

– Ammiro la tua onestà, Peppe.
– Grazie. Il cugino della Germania mi aveva promesso due milioni.
– Allora non è stata solo onestà.
– Onestà e convenienza. Meglio così, no?
– Hai ragione, Peppe. L'onestà paga. Non sempre, ma a volte sì.
Allo svincolo di Realmonte esco.
– Dove vai? – chiede Peppe.
– Conosci la Scala dei Turchi?
– L'ho vista una volta. Ti ho raccontato quando ero imbarcato sulla motonave Nautilus?
– Sì, questa la so. Eravate tu, Nemo, Sandokan e Jules Verne.
– Non ci credi?
– Peppe, guarda dove ti ho portato.
Nella luce del mattino di primavera (finalmente il meteo e «meteo.it» cominciano a trovare una certa affinità elettiva), la scogliera di marna bianca risplende contro il blu del cielo e del mare.
– Se sapessi descrivere tutto questo in un libro, sarei il Van Gogh della letteratura – dico.
– Perché devi scriverlo? Guardalo e basta.
Usciamo dall'auto, facciamo due passi sulla striscia di sabbia bagnata. Ci affianca un uomo col suo cane.
– Bello, vero? – gli dico, con un sorriso.
– È un labrador chocolate – precisa l'uomo.
Vorrei invitarlo ad alzare lo sguardo dal suo labrador chocolate, furiosamente impegnato ad annusare alghe secche. Vorrei dirgli: lascia perdere il tuo cane

che ormai ha raggiunto il massimo delle sue capacità espressive, non vedi che ti hanno inventato il mare, il sole, l'amore e la Scala dei Turchi? Poi penso che può diventare un lusso perfino ignorare la bellezza, soprattutto quando ce l'hai sempre davanti agli occhi.

– Sasà vieni qui – grida l'uomo al labrador, poi a me – le piacciono i cani?

– Mi piace il potere del cane.

– Quale potere? – l'uomo si sofferma, mentre il suo labrador viene a fiutarmi le scarpe.

– Aver riportato l'uomo alla fase stercoraria.

– Capisco – dice, ma non ha capito.

Se ne va salutando con la mano.

– Che volevi dire? – chiede Peppe.

– Lo scarabeo stercorario raccoglie escrementi.

– Allora non ha capito – fa Peppe, la testa rivolta verso l'uomo che ora parla col cane, il quale lo guarda perplesso e poi scatta di corsa per dimostrare di saper fare qualcosa.

Se dovessi mai scriverla, dovrei precisare che nessun animale è stato maltrattato per questa scena, altrimenti verrei vilipeso dai cinofili: non la racconterò mai.

Alzo gli occhi alla Scala dei Turchi, li stringo per difendermi dal baluginio del riflesso. Scatto di corsa, per dimostrare di saper fare qualcosa, come il labrador, risalgo i primi gradoni di marna e quando sono su, col fiato pesante, sollevo le braccia al cielo.

– Sono il re del mondo – grido. E mi sento un cretino.

– Tu sei veramente cretino – conferma Peppe, arrivato dietro col respiro grosso – mi hai fatto spaventare, pensavo che ti volevi buttare a mare.

– E perché dovevo farlo?

– Che ne so. Le cose belle fanno impazzire. Così dicono.

Capitolo 10

Bella è l'archeologia.

– Uno spettacolo, vero, Peppe?

– E che gli vuoi dire?

Bella è l'archeologia, ma non bisogna esagerare.

– Sei stanco? – sussurro.

– No, fammi sentire – mi dice in un orecchio.

L'archeologa incaricata di guidarci per la Valle dà del tu a ogni sasso. E non è un'esagerazione.

– Conosce tutti i reperti? – le chiedo.

– Certo, ogni pietra della Valle è catalogata e schedata.

– Una per una? – dice Peppe.

– Una per una – replica con orgoglio l'archeologa che è giovane, a suo modo pure carina, ma ricorda bene quando qui abitava Empedocle e tutti lo prendevano per fesso perché diceva di saper fare miracoli.

Bella è l'archeologia, ma la Valle dei Templi è troppo grande, troppo lunga, troppo larga, troppo assolata e piena di troppe cose perché la mente umana la consideri. Poi, confesso, non me ne frega niente di sapere se un capitello è dorico, ionico o corinzio, poco mi importa della trabeazione, del crepidoma, dell'epistilio e delle metope che mi rituffano nella noia dell'ora di storia dell'arte al liceo. Mi piace guardarli i templi, provare a immaginare come dovevano impressionare i naviganti fenici, greci o cartaginesi che solcavano il mare africano. Il resto è roba da capomastro muratore: di che sezione è il tondino di ferro del cemento armato?

– Il direttore ci sta aspettando – e provo a rifugiarmi verso un posto più fresco, più sicuro, meno mozzafiato.

– Aspetta, non vedi che la dottoressa sta spiegando la storia del Telamone? – mi sgrida Peppe.

Il Telamone è un gigante di tufo di otto metri, disteso a terra nell'area del Tempio di Zeus. L'archeologa ne accarezza le parti con affetto materno, raccontando duemila anni di storia: Peppe annuisce mentre i geloi fondano Akragas, il tiranno Falaride strazia i suoi nemici dentro un toro di bronzo, Pindaro canta la più bella città dei mortali, Terone sconfigge Cartagine, i cartaginesi si vendicano, Timoleonte ricostruisce le mura, Finzia rade al suolo Gela, Siracusa devasta Akragas e così via, secolo dopo secolo, scannandosi, vivendo, amando, soffrendo per poter dire che ci siamo passati anche noi su questo pianeta e non ci siamo risparmiati nulla.

L'antichità mi stanca e le morte stagioni mi affaticano: credo sia il fardello dell'uomo contemporaneo. Aveva ragione chi diceva: siamo vecchi di secoli. Forse per questo mi fanno male i piedi.

Finalmente, dopo la conquista romana di Akragas e l'inizio del suo lento declino, prendiamo la strada dell'uscita dal Tempio di Zeus. Davanti alla biglietteria due custodi parlano e fumano, con l'indifferenza olimpica degli impiegati regionali, ultime divinità del pantheon siciliano rispetto ai comuni mortali.

– Per Akragas è finita la storia.

– La questione è sempre la composizione della società.

– Non c'è più entusiasmo, non c'è una guida.

Resto ammirato. I due ragionano della polis e della sua fine come se fossero ancora cittadini della Magna Grecia. Il piazzale davanti al parco è l'agorà.

– Ha sentito? – chiedo all'archeologa.

– Li conosco. Parlano sempre di calcio. Sono tifosi dell'Akragas.

– L'Akragas?

– Sì, Saverio, il nome della squadra di Agrigento – fa Peppe.

– Non parlavano dell'antica Akragas? – dico deluso.

– Per come è ridotta, la squadra non è antica, è morta – spiega Peppe.

Morto il Telamone, morta Akragas, morta la squadra. Questa città è un cimitero con un grande futuro dietro le spalle.

Mi consolo comprando a una bancarella di souvenir una miniatura del Tempio di Castore e Polluce in sughero: una uguale la teneva mia zia sul televisore Philips.

Risaliamo piano per la strada panoramica. Il tramonto incendia i rami degli ulivi saraceni dai tronchi contorti, le auto scendono veloci, la città moderna biancheggia sulla collina di fronte con i suoi palazzi a dodici piani, sui tetti i serbatoi blu per l'acqua, le antenne paraboliche ai balconi verandati.

– Cosa diceva Empedocle degli agrigentini? – domando all'archeologa.

– Costruiscono edifici come se non dovessero morire mai e mangiano come se dovessero morire domani.

– È ancora così? – chiede Peppe.

– Spero di no – dice l'archeologa, e indica la città nuova – spero che tra mille anni non rimanga più nulla. Spero che la bellezza duri più dell'orrore.

– Lei non è di Agrigento? – dico.

– Io appartengo alle pietre antiche.

I templi sulla collina sono gialli di tufo caldo, impassibili e sdegnati.

Capitolo 11

– È appena spuntata l'alba del 19 ottobre dell'anno 480 prima di Cristo. Gli uomini del siracusano Gelone, mandati in missione, riescono a rintracciare e a circondare Amilcare, lo fanno letteralmente a pezzi. Sarà un giorno di sangue e di massacri. Il grande condottiero cartaginese Amilcare è solo il primo. Il suo corpo ridotto a brandelli nelle campagne di Himera non sarà mai ritrovato e ciò alimenterà leggende: qualcuno scrive che Amilcare sia scomparso nel nulla mentre infuriava la mischia, altri autori diranno che il condottiero punico, visti i suoi uomini sbaragliati, si diede fuoco su una grande catasta di legna. Tutti gli eroi diventano cenere.

La voce del relatore è calda e pastosa, segnata da un accento elegante.

– Chi è? – chiedo all'archeologa.

– Come chi è? Il grande professor Alù.

– Bravo il vecchio. Fammi sentire cosa racconta – commenta Piccionello, ormai entrato nel ruolo di Indiana Jones. Per questa escursione archeologica si è vestito come un fazendero venezuelano: pantaloni di lino naturale, guayabera cubana, panama con una scritta sulla fascia: «Sicily, il cappello a tre punte».

– Trascorse molte ore di battaglia – prosegue il professore – gli eserciti dei siracusani e degli akragantini irrompono nel campo cartaginese. La pugna è sanguinosa, gran menare di mani, grida e strepiti altissimi, le navi cartaginesi ardono, Amilcare non c'è più, i punici sbandano e fuggono. I nemici li raggiungono, li uccidono, uno dopo l'altro fino al numero di centocinquantamila. Centocinquantamila morti. Nessuna pietà per i vinti. Himera viene affidata al tiranno akragantino Terone, che dà via libera al saccheggio, allo stupro, al furto. Gli abitanti fatti schiavi vengono trasferiti in questa Valle, a spaccare pietre, a innalzare colonne, a costruire templi agli dèi, a rendere immortale la più bella città dei mortali, la più mortale delle città.

La battaglia è finita, il clangore di armi e scudi placato. Un applauso reverente dilaga in platea. Guardo il Telamone, l'originale, in piedi nella sala del museo, colossale e impassibile; vedo sangue di uomini e donne trasudare dal tufo sabbioso. Quanto costa la bellezza, impastata di sudore e sofferenze.

– Adesso si va a cena? – sussurro.

– Come dice? – replica l'archeologa.

– Ci sarà una cena, immagino.

Mi guarda sdegnata, non sa che tengo a bada la retorica con la prosa quotidiana della regolarità dei pasti. È un'abitudine rassicurante: conferma che in questa parte di mondo non moriremo di fame, di peste o schiavi dell'ultimo vincitore.

Torniamo in albergo. Villa Athena è nel cuore della Valle. Il sole ormai basso incendia la collina dei templi. La terrazza della mia camera è il set perfetto per il mio primo cortometraggio.

– Peppe, stai inquadrando?

– Sì.

– Si vede il tempio sullo sfondo?

– Sì.

– Si vede bene?

– Benissimo.

– Benissimo come?

– Saverio, come ti spiego benissimo? Ci sei tu e c'è il tempio. Meglio di così...

– Va bene. Ho i capelli spettinati?

– No.

– Sicuro?

– Saverio, ti faccio un disegno?

– Allora vado. Dammi il via.

– Tre, due, uno, Lamanna ad Agrigento. Ciak, motore, azione.

– Duemilacinquecento anni di mistero. Indizi, sospetti, supposizioni e una querelle che va avanti da secoli. Ma adesso il giallo di Agrigento, anzi dell'antica Akragas, sta venendo alla luce. Affiorano le pietre del teatro greco della Valle che nessuno aveva mai trovato. Gli studiosi italiani sono ad Agrigento per stabilire una volta per tutte se siamo di fronte a una scoperta cruciale o a un bluff. E in questi giorni ci sarà una sentenza che cambierà la storia dell'archeologia della Valle. C'è la scienza, ma manca la città, indifferente e distante dal suo passato. Arroccata nei suoi palazzi a dodici piani sulla collina, senz'acqua potabile e ultima nelle classifiche del reddito pro capite e della vivibilità, Agrigento ignora Akragas. Al convegno internazionale sul teatro antico brillano per assenza le istituzioni, i cittadini, gli studiosi locali. Ma appena spunterà il teatro dimenticato per secoli, se mai spunterà, di sicuro ci sarà qualcuno che vorrà metterci un cappello sopra, rivendicando l'ennesima gloria di Sicilia. Eppure finora nessuno ci ha scommesso un soldo: per gli scavi, la Regione ha stanziato in tutto tremila euro, quattro spicci, molto meno del finanziamento per una qualsiasi sagra del salame nero dei Nebrodi. Il salame si mangia e fa mangiare, il teatro greco fa solo sognare e i sogni, si sa, svaniscono all'alba.

Resto fermo col sorriso inebetito dei cronisti al termine dei collegamenti.

– Hai finito? – chiede Peppe.

– Se sto in silenzio, vuol dire che ho finito.

– Che ne so. Pensavo a una pausa di riflessione.

– Peppe, chiudi.

– Già fatto.

Rivediamo il tutto sul telefonino montato su un treppiede. Peppe è riuscito a fare perfino uno zoom in uscita con sfocatura sul tramonto: una cosa alla Alberto Angela, insomma.

– L'hai fatto apposta? – chiedo.

– No, ho tirato a minchia e mi venne così. Ma ti sembro tutto scimunito?

Il video è buono, Brian De Palma e Vittorio Storaro, traslati per un minuto e venti secondi in Piccionello, hanno prodotto il massimo che può dare uno smartphone Samsung, sia pure con fotocamera a 16 megapixel. Ripulisco testa e coda e mando ad Accursio Sabella, via WhatsApp.

– Posso andare adesso? – fa Piccionello.

– Dove vai?

– Ho un appuntamento con Rosalia.

– Chi è?

– L'archeologa. Passeggiata serale nella Valle.

– Tramontata è la luna, insieme alle Pleiadi, la notte è al suo mezzo, il tempo passa e io dormo da sola.

– Che vuoi dire?

– È una poesia di Saffo.

– Bella. Io vado. Ci vediamo più tardi a cena.

– Va bene. Ricorda: tramontata è la luna, insieme alle Pleiadi, la notte è al suo mezzo.

– Ho capito.

– Saffo. Se la reciti all'archeologa ti cade fra le braccia.

– Non sono come te che rubi le parole agli altri.

– Non è furto, si chiama citazione.

– Si chiama ruffianeria. A dopo.

Capitolo 12

Mi hanno messo al tavolo d'onore. Sono stato scambiato per un giornalista importante. La terrazza dell'hotel Villa Athena è la dépendance del Tempio della Concordia, da un momento all'altro spunta il poeta Simonide per intonare due esametri giambici alla sarda a beccafico.

– Lei dove insegna? – mi chiede il professor Alù.

– Per strada – dico.

– Quindi è della scuola peripatetica?

– Sì, eravamo compagni di classe con Aristotele, gli davo ripetizioni di filosofia. Non capiva Platone.

Il tavolo ammutolisce. La risposta irriverente all'emerito professor Alù, da cui dipendono i destini accademici di almeno quattro commensali sui dieci attovagliati alla mensa d'onore, provoca sgomento.

Ma il professor Alù scoppia in una risata omerica, è il caso di dirlo.

– Ha ragione, dovremmo trattare i grandi del passato come nostri compagni di scuola. Tirarli giù dai piedistalli – dice Alù.

– Ma lei lo ha sempre fatto, professore – dice un biondino tutto firmato Ralph Lauren.

– Sapienza, non essere adulatore. Rispetta il tuo cognome.

Sapienza si rabbuia, perdono smalto anche i suoi marchietti Ralph Lauren.

– Professor Alù, cosa dirà domani sul teatro?

La domanda viene dall'archeologa, di cui non riesco ancora a ricordare nome e cognome, ma che sullo sfondo del tempio, alla luce dei candelabri a centro tavola e sotto l'effetto di tre bicchieri di catarratto freddo, mostra i riflessi rossi dei capelli sciolti, una galassia di lentiggini e, credo di intuire, anche molto altro al posto giusto. Cominciano a piacermi le ragazze dedite agli studi classici. Peppe l'ha capito subito: avevo sottovalutato il suo senso critico.

– Cara Rosalia, dirò le cose che devo dire. Ma ancora non so – dice Alù.

– Il professore deve ascoltare la voce delle pietre – interviene uno che ha l'aria dello studente di Harvard.

– Ha ragione il mio amico Moncada. Ascolterò la musica del tempo e domani saprò qualcosa di più.

Alla frase di Alù l'archeologa preferita da Piccionello sbatte gli occhioni che pare Pretty Woman quando Richard Gere le dichiara il suo amore. Sapienza abbassa gli occhi con l'aria del novizio all'omelia del padre priore. Gli altri annuiscono gravi manco Alù avesse appena portato giù dal Monte Sinai le tavole della legge.

– Io l'ho sentita la musica del tempo – dice Piccionello.

– Lei è archeologo? Non sembra – commenta Sapienza: sottovaluta chi ha davanti.

– No, ma da ragazzino ho lavorato per due anni da un orologiaio.

Alù scruta Piccionello. Sorride.

– E che suono ha il tempo secondo lei? – gli chiede.

– Il silenzio quando si ferma l'orologio – dice Piccionello.

– Vedi Sapienza? Quest'uomo sa molto più di te che invece il tuo tempo lo perdi su Diodoro Siculo senza riuscire a comprenderlo – fa il professore.

Piccionello vs Sapienza, uno a zero e palla al centro. Ci avrei scommesso.

La cena si conclude di botto appena Alù lascia il tavolo.

– È tardi. Domani sarà una giornata importante – dice.

Gli altri lo accompagnano alle scale, vicini o lontani dal professore secondo un'invisibile gerarchia di confidenza e di rispetto.

– Io vado a dormire – fa Peppe. – Domani mattina proviamo a cercare i due ragazzi?

– Andiamo all'azienda di famiglia. Magari ci diranno qualcosa.

Arrivato in camera scopro di non avere né sonno né stanchezza.

Mi preparo un gin tonic con quel che trovo nel frigobar, senza ghiaccio né limone, siedo sulla terrazza della stanza dell'hotel Villa Athena che ho conquistato grazie allo sponsor, credo la federazione regionale degli albergatori o il distretto per la promozione del turismo agrigentino. Adoro la libertà associativa sancita dall'articolo 18 della Costituzione, ancor di più quando riguarda associazioni con cassa ben fornita e agganci giusti.

Nella notte seguo con lo sguardo la curva della collina di fronte, contrassegnata dalle colonne doriche dei templi che l'illuminazione staglia di giallo contro il cielo scuro. Capisco perché quel buon francofortese di Volfango Goethe, abituato ai tigli, al gotico e alle piogge, sia rimasto ammaliato di fronte al paesaggio di rovine, mare africano e ulivi saraceni. E pure io che non sono nato sulle sponde del Meno, ma lungo gli argini scomposti di uno sporco rigagnolo chiamato Oreto, posso immaginarmi nei panni di Goethe, di Guy de Maupassant, di David H. Lawrence e di tutti i viaggiatori nordici precipitati in un panorama sulfureo e devastante.

Vorrei avere una Camel per lanciare nuvole di fumo contro la luna mediterranea alta nel cielo. Vorrei essere nato in un altrove lontano per riuscire ancora a stupirmi, ma secoli di scetticismo mi hanno convinto che dietro la grazia sempre si nasconde la brutalità. Si può essere al contempo ferini e divini, come i siciliani, appunto.

Pensieri così inutilmente alati mi risvegliano una certa fame. Fame di Suleima.

Chiamo.

Squilla a vuoto.

Richiamo, a lungo.

– Ehi! – risponde.

La voce di Suleima è coperta da un brusio fitto e confuso.

– Dove sei? – chiedo.

– Come dici? Non sento.
– Dove sei? Che fai?
– Scusa Saverio, non si sente niente. Mi sposto e ti richiamo.
Qui c'è silenzio. La notte di primavera è rotta dall'abbaiare distante di un cane. Solo come un cane: perché si dice così? Bisognerebbe chiederlo al labrador chocolate Sasà. Potrei fare un libro-intervista a Sasà, come i giornalisti che mettono in italiano le risposte di un politico o di un calciatore, e intitolarlo *Cent'anni di canitudine.* Secondo me, la Solferino di Umberto Cairo potrebbe pubblicarlo.
Il telefono. È Suleima.
– Eccomi. Scusa, ero in un locale pieno di gente.
– Dove? – chiedo.
– Ai Navigli – poi sento che saluta qualcuno. – Ciao Bea, ci rivediamo tra qualche giorno, appena torniamo.
– Chi tornate?
– Come dici?
– Hai detto torniamo, prima persona plurale. Quindi presumo che prima di tornare, partite o partiate, tanto per salvare il congiuntivo dall'estinzione. Ma chi siete?
– Saverio, te l'ho già detto. Domani vengo in Sicilia con Teodoro.
– Il re ostrogoto?
– Ma che dici Saverio?
– Teodorico finì col suo cavallo dentro il cratere dell'Etna. Ci riprova?
– Il mio capo. Teodoro, l'hai conosciuto.

– Ricordo: aveva imparato da poco a stare su due zampe.

– Saverio, smettila. È una bravissima persona. E non fare il geloso, tanto so che fingi.

– Non ti si può nascondere proprio niente – mento.

– Ci vediamo domani sera. Com'è l'albergo?

– L'hotel è buono, purtroppo il paesaggio lascia a desiderare.

Il Tempio della Concordia galleggia sospeso nell'oscurità della notte, un incantesimo fatto di pietra.

– Le solite cose siciliane – fa lei.

– Eggià. A domani – e chiudo.

Mi sembra di vedere qualche lucciola nel giardino dell'hotel, magari è solo un effetto indesiderato dell'abbaglio di luce sul tufo della Magna Grecia.

– Hai duemilacinquecento anni e fai ancora la tua figura: sei un dio. In confronto a te il Naviglio Grande fa cacare.

La mia voce fende il silenzio. Mi sporgo dalla balaustra sperando che non ci sia il cuoco seduto fuori a fumarsi l'ultima MS: mi scoccia passare per un esaltato.

Richiamo Suleima.

– Che c'è? Sento male, qui è pieno di gente – grida.

– Io sono veramente geloso – dico.

– Sei famoso, hai detto? Non capisco. C'è un casino.

– Niente. A domani.

– A domani.

Capitolo 13

– Come hai detto che si chiama?

– Aspetta, l'ho segnato in un pizzino – dice Peppe.

Tira fuori dalla tasca della guayabera un bigliettino scarabocchiato.

– Ecco. Promosicilian.

– Hai un indirizzo? – chiedo.

– No, zona industriale, vicino all'ospedale.

– Vabbè, può bastare. Non ci perderemo certo nella zona industriale di Agrigento. Quante aziende potranno esserci? Quattro cinque, al massimo.

Il navigatore del mio telefono mi conduce giù verso il mare, poi lungo la strada che costeggia la collina dei templi segnata da pini mediterranei in duplice filar, quasi in corsa giganti giovinetti, fino alla rotatoria sotto il Tempio di Giunone.

È una giornata di sole, la primavera d'intorno brilla nell'aria, stasera arriva Suleima e chi se ne frega degli ostrogoti. Fa caldo, Peppe si toglie la guayabera. Svela una maglietta delle sue: «Vieni in Sicilia, c'è molto altro».

– Ormai si è scatenata – dico.

– Chi?

– La figlia di tua cugina, il cervellone che perde tempo a disegnare le tue magliette.

– Guarda che me le chiedono tutti, vogliono sapere dove trovarle.

– E tu che dici?

– La figlia di mia cugina sostiene che bisogna alimentare l'attesa. Il desiderio crea la domanda, così pare.

– E quanto dobbiamo aspettare?

– Segreto industriale.

– Bene. Avvisami quando entrano in commercio. Non vedo l'ora di perdermele.

– Saverio, te lo giuro: se te ne regalo una, sei autorizzato ad ammazzarmi.

– Non rischi niente. Non potrei mai accettare un regalo di tale valore.

– Parli così solo perché non è una tua idea. Non sei invidioso, sei presuntuoso.

Alla radio si susseguono pubblicità di centri commerciali.

Enorme rotatoria all'imbocco della statale per Caltanissetta. Rallento, un cartello annuncia: «Strada degli scrittori», passo veloce in rassegna i volti disegnati sul catarifrangente. C'è Pirandello, certo. Camilleri, ci sta tutto. Leonardo Sciascia, imprescindibile. Tomasi di Lampedusa, non può mancare. Pier Maria Rosso di San Secondo, minore del Novecento, lo hanno messo per accontentare i nisseni.

– Tu non ci sei, Saverio? – fa Piccionello.

– Guarda meglio.

– Non ci sei.

– Vicolo Saverio Lamanna. È un viottolo senza uscita.

Risaliamo lungo la strada degli scrittori. A ogni svincolo viene voglia di declamare *Il fu Mattia Pascal*, *Il giorno della civetta* o *Il Gattopardo*. Sì, viaggiare, evitando le frasi più dure.

Che poi, se uno viene da Vigevano o da Rotterdam, vai a spiegare perché in questa terra estrema, dimenticata dagli dèi e dagli uomini, povera un tempo come oggi, ferita da abusi edilizi e sociali, sono cresciuti tanti scrittori. Una domanda simile l'hanno fatta a Camilleri, l'ho visto in tv. Perché scrivere non costa niente, ha risposto. Ha ragione: se uno è ricco investe in borsa o compra immobili, mica si mette a scrivere. La letteratura in fondo richiede poco o niente capitale iniziale e molto tempo da buttare via, condizioni comuni a qualsiasi meridionale alfabetizzato di provincia.

Arrivati. «Consorzio industriale» dice una scritta a lettere cubitali su un cavalcavia. Ora io non so come sia l'area industriale di Brescia o di Bergamo, ma qui si viaggia tra pascoli e capannoni, cataste di immondizia, cancelli elettrici, officine abbandonate, edifici tirati su coi mattoni forati, scheletri di calcestruzzo incompleti, occhiaie vuote senza infissi né finestre.

– Era facile, avevi detto? – fa Piccionello.

– Non immaginavo di finire sulla luna.

Vialoni costeggiati di erba di vento diretti verso il nulla. Svincoli vertiginosi che non portano in nessun posto. Giriamo in tondo per un po', scrutando cartelli e insegne. Le indicazioni stradali in Sicilia non si usano, potrebbero mortificare l'intuito dell'automobilista.

– Ecco, è lì – Piccionello punta il dito verso un'insegna alta su un fabbricato.

Dirigo la Seat verso il cartellone, ma la strada mi costringe a svoltare nella direzione opposta. Costeggio per tre volte un inutile rondò, percorro un viale che va a morire contro una palizzata sconquassata, il mio navigatore inservibile quanto una bussola al Polo Nord ordina curve a destra e inversioni a U, vox clamantis in deserto.

Per disperazione imbocco una strada sterrata che, fortunosamente, arriva davanti al cancello della Promosicilian.

– Ci siamo – dice Peppe.

– Ora comincia la parte difficile.

Scendiamo dall'auto. Un cane ringhia dietro al cancello, le fauci bavose promettono sturm und drang e a poco servono le parole carezzevoli. Anzi, lo aizzano.

– Ci penso io – dice Peppe.

Piccionello fissa il cane negli occhi, esercitando in pieno il suo ruolo di maschio alfa. Il latrato del molosso si placa, si trasforma in un guaito, fin quando il Melampo della Promosicilian si prostra, il muso umido tra le sbarre del cancello per ricevere la carezza del suo signore e padrone.

– Si fa così – mi spiega Peppe, grattando il cranio dell'ex Zanna Bianca.

– Chi te lo ha insegnato?

– Un agente della Cia a Bagnoli.

– Ho capito. È l'ora della minchiata del mattino.

Dal capannone esce uno che somiglia incredibilmente al cane. Sembrano padre e figlio, non si capisce bene chi è il figlio.

– Che gli avete fatto? – grida.

– Tranquillo. Il mio amico è addestratore di cani – spiego.

– L'avete avvelenato? Vi scanno.

Nella destra stringe un piede di porco. E poi dicono che la Sicilia è terra ospitale: bisogna correggere subito la Lonely Planet.

– Cerchiamo il titolare – dico.

– Il signor Cannizzaro – precisa Peppe.

– Non c'è. Voi chi siete? – chiede l'uomo-cane.

– Parenti – dice Piccionello.

– Parenti come? – insiste quello, diffidente.

– Parenti stretti, per parte di madre. Parenti Piccionello.

– Aspettate qui. Belfagor – l'uomo richiama il cane che si allontana da Peppe con la tristezza di chi ha appena trovato un amico: incontrarsi, conoscersi e dirsi addio.

Per la campagna brulla e scomposta viaggiano rumori di motori, clacson di camion e un allarme che risuona da qualche parte.

L'uomo-cane ritorna, sempre col suo piede di porco. Belfagor lo segue mogio. Restano entrambi dietro le sbarre.

– Cannizzaro non c'è, ve l'avevo detto.

– Quando possiamo trovarlo?

– Non so. Telefonate e prendete un appuntamento.

Intravedo due lampi da dentro una delle finestre aperte al primo piano della Promosicilian. Qualcuno sta scattando foto col telefonino, ma ha dimenticato di disattivare il flash.

– Dica a Cannizzaro che veniamo meglio di profilo – dico.

– Che intende? – chiede l'uomo-cane.

– Gli dica così. Lui capirà.

Capitolo 14

La panna smorza il gelo della granita di caffè. Prendo la brioscia, la spezzo, rendo grazie a chi l'ha inventata.

– Ci ha visti, ma non ha voluto incontrarci – dico.

– Ma perché? – fa Peppe. – Buona la granita, ne prendiamo un'altra?

All'ombra dei ficus magnolie del bar Patti a Porta di Ponte, all'inizio di via Atenea, da dove prima o poi passano tutti gli agrigentini, c'è fresco e la lentezza di una città antica e decadente: è il bello della provincia meridionale, tutto sembra già avvenuto e passato, sia il meglio che il peggio. E ciò dà un certo conforto.

– Ha scattato pure delle foto. Il marito della tua figlioccia ti conosce?

– Come no. Simone Cannizzaro mi conosce benissimo. Ogni volta che viene a Màkari da sua suocera siamo a pranzo e a cena assieme. Te l'ho detto: è un bravo ragazzo, mi pare strano che si faccia negare.

– E l'altro Cannizzaro, il fratello di Simone?

– Filippo, si chiama così.

– Filippo Cannizzaro ti conosce?

– Non credo. Forse ci siamo visti una volta sola, qualche anno fa, al matrimonio di Simone e Noemi.

– Noemi è la figlia di tua comare?
– Esatto.
– Perché le donne del tuo clan hanno nomi hollywoodiani?
– Sono ragazze moderne. Ti infastidisce la cosa?
– Vedrai che presto torneranno di moda le Concette e le Catene. Sento già odore di controriforma.
– Dobbiamo sapere qualcosa di più su Filippo Cannizzaro. Ti puoi informare, Saverio?
– Posso chiamare Randone, è alla questura di Palermo, magari mi mette in contatto con un suo collega di Agrigento.
– È sempre lo stesso che chiede la raccomandazione per sua moglie?
– Sì, infatti mi fa un po' fatica chiamarlo. È convinto che con i miei agganci al Viminale posso far trasferire sua moglie dalla prefettura di Enna a Palermo. Appena gli chiedo un favore, ricomincia a tartassarmi.
– Gli hai detto che non lavori più a Roma?
– Lo sa, ma non gli interessa. Cerca raccomandazioni con la pesca a strascico.
Un messaggio di Accursio Sabella.
– Hai visto il tuo video? Abbiamo già 3k visualizzazioni in due ore.
Vado a controllare sul sito di «LiveSicilia». Il video è stato rimontato con effetti speciali, manco fosse un film dei fratelli Wachowski. Però funziona.
– Sono 3.460 visualizzazioni, per la precisione – scrivo su WhatsApp.
– Che succede? – chiede Peppe.

– Tremila persone hanno guardato il nostro video.

– E sono tante?

– Certo.

– Dipende. Una volta sono andato a Nissoria, un paese sperduto nelle montagne di Enna. Ha tremila abitanti, a me pareva piccolo piccolo.

– Ha parlato l'uomo della megalopoli. Ma se Màkari ne fa meno di duecento.

– Màkari non è piccola perché è sul mare.

– Che c'entra?

– C'entra. Pensaci bene.

Squilla il telefono. È il vicequestore Randone. A volte il mio potere telepatico mi atterrisce.

– Randone, stavo pensando proprio a te.

– Lamanna, che ci fai ad Agrigento?

– Come sei riuscito a saperlo?

– Ho letto l'elenco degli ospiti del tuo hotel.

– Mi stupisci. Non sapevo avessi un hobby.

– Quale?

– Sfogliare ogni mattina gli elenchi degli alberghi siciliani.

– Lamanna, c'è poco da scherzare. È un vero guaio. E me lo devo smazzare tutto io.

– Tu?

– Lamanna, mia moglie è stata trasferita a Palermo.

– Hai visto? Non devi ringraziarmi.

– Appena lei è rientrata a Palermo, m'hanno spedito ad Agrigento. Sono arrivato da un mese e adesso mi tocca un morto che ne parlerà tutta Italia.

– Chi è morto?

– Non sai niente? Il professor Demetrio Alù.

– Morto? Come?

– Ammazzato, Lamanna. L'hanno trovato alla Kolymbetra con la testa spaccata.

– L'archeologia è pericolosa.

– Sono al tuo hotel, vieni che devo interrogarti. Fai presto.

Chiude.

– Chi è morto? – chiede Peppe.

– Il professor Alù.

– Mischinazzo. Era vecchio, in effetti.

– Era vecchio, ma l'hanno ammazzato lo stesso.

– E perché?

– Non lo so. Gli dèi si saranno vendicati: sono sempre stati invidiosi degli uomini.

Capitolo 15

A me dispiace soprattutto per gli sposi. Quante volte ci si può maritare nella vita? Una, due, metti tre, a voler strafare, a meno che non sei Liz Taylor. Ora io so bene che un matrimonio in Sicilia vale quanto un bel funerale, con la differenza che spesso le esequie si improvvisano all'ultimo momento, mentre le nozze vengono progettate per anni: scegli la chiesa, il ristorante, gli abiti, i biglietti di invito, le bomboniere, la lista dei posti ai tavoli, il fotografo, il drone, il backstage. Su ogni dettaglio si spalancano contenziosi, tua zia Bettina non la invitiamo perché non ci ha mai trattato, però tuo cugino Totò l'hai voluto a tutti i costi e sai bene cosa va dicendo, questo matrimonio s'ha da fare, cognate e consuoceri si mettono nel mezzo a mediare e a guastare.

Quando tutto è pronto, pure se la giacca è un po' troppo stretta – certo, hai mangiato e bevuto come se non ci fosse un domani – le ultime preoccupazioni sono i fiori in chiesa, i centrotavola, forse piove, ma «meteo.it» dice di no e zia Bettina si è offesa, fatti suoi; ma chi può mettere in conto che ti ammazzano un professore di archeologia ospite proprio dell'hotel dove hai prenotato il ricevimento? Ecco perché mi dispiace per gli sposi che mesi fa avevano scelto Villa Athena, anche se in Sicilia può capitare di dover fare le nozze col morto.

Gli ospiti del banchetto sorseggiano prosecco e divorano tartine, sanno che la procedura delle foto della coppia in posa ai templi sospingerà allo stremo l'ora d'inizio del pranzo. Tre ragazzini con i papillon imposti dalle madri circondano una volante della polizia ferma nel cortile, appoggiano le teste ai vetri oscurati, proteggendosi dal riflesso con le mani a coppa, per scrutare dentro.

– Picciriddi, levatevi, tornate dalle mammine – dice un agente.

Un vecchio vestito a festa, appena uscito dal set di *Nuovo Cinema Paradiso*, seduto su una poltrona di vimini, scruta immobile il tempio, incurante degli uomini della scientifica che accanto a lui indossano tute bianche e mascherine per effettuare il repertamento nella camera d'hotel del professor Alù.

– Il vicequestore Randone? – chiedo a un agente in divisa.

– Chi?

– Randone.

– So chi è, ma è arrivato da poco, non lo conosco. Chieda al mio collega, quello davanti all'ingresso.

Vado dall'altro poliziotto.

– Il vicequestore Randone?

– Lei chi è? – prende subito la via formale.

– Lamanna. Devo parlare con Randone.

– A quale proposito?

– Volevo un aggiornamento sull'importo degli assegni familiari per il personale delle forze dell'ordine.

– Fa lo spiritoso?

– C'è un morto, c'è un'indagine e secondo lei di cosa devo parlare con Randone?

– A che titolo? – insiste.

– A titolo personale, sono fatto così: appena c'è un morto ammazzato mi impiccio.

– Lo sa che per oltraggio a pubblico ufficiale c'è il carcere fino a tre anni? Mi dia i documenti, così le passa la voglia di scherzare.

– Ispettore, che succede? – la voce di Randone.

– Dottore, il signore parla un po' troppo.

– Lo so. Ma lo lasci stare, è un mio amico.

Il poliziotto si allontana con l'aria di chi promette: prima o poi ti ritrovo.

– Ti è finita bene – dice Lamanna – l'ispettore Miceli anni fa è sfuggito a un agguato mafioso e ha lasciato uno dei suoi attentatori su una sedia a rotelle per il resto della vita. È tosto ed è bravo, ma ha la manetta facile.

– Grazie di avermi evitato un destino da errore giudiziario. Allora, Randone?

– No, allora dimmi tu. So che ieri sera hai cenato allo stesso tavolo con Alù. Hai notato qualcosa?

– Ho notato un'archeologa che prima avevo sottovalutato.

– Ho capito, la rossa. Rosalia Infantino, l'ho vista poco fa. Piangeva manco fosse morto suo padre. E poi?

– E poi c'erano altri, un certo Moncada...

– Sì, lo so. È andato a Catania stamattina, credo che tornerà in serata. Mi dicono che parla tre lingue, lavora in mezzo mondo, una specie di premio Nobel.

– E poi un tale Sapienza, faccia da sagrestano.

– Infatti, è l'assistente di Alù, secondo me era pure innamorato.

– È gay?

– No, ma criptogay di sicuro.

– Randone, anche tu sei criptogay.

– Ma che dici? Io non sono gay.

– Classico comportamento criptogay: negare, rimuovere, allontanare. Per non essere criptogay devi dire che sei gay, però così risulti gay. Come vedi non se ne esce.

– Non si può essere semplicemente etero?

– Banale. Guarda, accetto al massimo una sessualità liquida.

– Lamanna, non ho tempo da perdere. Vieni con me.

– Dove?

– Rifacciamo la strada che Alù ha percorso stamattina.

Lancio un cenno di saluto a Piccionello. Confuso tra gli ospiti del matrimonio, un bicchiere di prosecco in mano, Peppe intona assieme ad altri quattro – in smoking fosforescente, immagino i componenti dalla band – la versione rhythm&blues di un famoso standard internazionale:

Si maritau Rosa
Saridda e Pippinedda
e iu ca sugnu bedda
mi vogghiu marità.

Randone procede a passo svelto.

– Stamattina, verso le sei e mezzo, il professor Alù è uscito dall'albergo. Era solo. Il portiere conferma – spiega.

– Ha detto dove andava?

– A parlare con le pietre. Il portiere ricorda questa frase.

– L'ha detta anche a cena. Ascoltava le pietre, la musica del tempo.

– Bella frase. E che minchia significa?

– Era il suo metodo, immergersi nell'antichità per coglierne l'armonia. Questa mattina avrebbe dovuto parlare del teatro greco.

– E cosa doveva dire?

– Randone, non sai proprio niente.

Ci inoltriamo per una strada sterrata, in mezzo ai mandorli e agli ulivi della Valle.

– Gli studiosi – spiego – per secoli hanno cercato il teatro greco dell'antica Agrigento, ma non era mai venuto alla luce. Eppure doveva esserci e anche bello grande, visto che Akragas contava trecentomila abitanti, era una delle città più importanti della Magna Grecia. Gli esperti si sono accapigliati per anni per stabilire dove poteva essere. Qualche mese fa, a quanto pare, è stato scoperto proprio a due passi da qui, ma il professor Alù che aveva visitato gli scavi doveva dare la sua opinione. Fondamentale, perché Alù era un'autorità in materia.

– Quante ne sai, Lamanna.

– Si chiama informazione, Randone. Basta leggere i giornali e non solo le circolari del ministero.

– Vabbè, storia antica, non ci interessa. Alù uscendo dall'hotel lascia detto al portiere che avvertano Sapienza di andare a riprenderlo in auto verso le nove all'ingresso della Kolymbetra. Sai cos'è, vero?

– Ho studiato, Randone. È un giardino, nel punto più basso della Valle, dove i greci raccoglievano le acque in una piscina. Era il luogo più fresco della città.

– Me l'hanno spiegato poco fa. In effetti è spettacolare. Alù ha scelto un posto buono per farsi ammazzare. I fotografi sono impazziti dalla gioia: sullo sfondo del cadavere c'è il Tempio dei Dioscuri, vedrai che qualche giornale straniero sbatte la foto in prima pagina. E così dal ministero rompono le palle a me.

Il viottolo si snoda attraverso campagne di terra rossa, verso il Tempio della Concordia.

– Sei sicuro che è passato da qui e non dalla strada principale? – chiedo.

– Alù aveva chiesto indicazioni al portiere che è uscito fuori dall'hotel e lo ha accompagnato per i primi cento metri.

La passeggiata panoramica scivola sotto il profilo della collina. Alcuni turisti con i cappelli di paglia si fotografano a vicenda davanti alle colonne.

– Beati loro – dico.

– Chi?

– I turisti, prendono il meglio della Sicilia e poi tornano a godersi benessere, democrazia e diritti.

– Magari sotto la pioggia.

– La civiltà è direttamente proporzionale allo spessore del cappotto. Il professor Alù era un camminatore, a quanto vedo.

– Non è molto. Sarà un chilometro e mezzo. Alù si appoggiava al bastone, ma era solo un vezzo. In realtà dicono che a ottant'anni era più arzillo di me.

– Chiunque è più arzillo di te, Randone. Tu sei vecchio dentro.

– Lo dice anche mia moglie.

Davanti all'ingresso del giardino della Kolymbetra un gruppo di giornalisti e telecamere viene tenuto a bada da due agenti.

– Randone, ci fate entrare? – chiede una bruna, tutta tette e microfono.

– Tra poco.

– Ma i fotografi sono già dentro. Guardali, sono lassù sul costone.

– Pamela, sono arrivati prima. Sono stati più bravi di te.

– Ma io aspettavo la troupe, Randone, non è colpa mia.

– E io aspetto la promozione da cinque anni, manco questa è colpa mia. Cerca di avere un po' di pazienza, appena se ne va il magistrato ti faccio passare.

– Promesso? – dice Pamela. Il suo sguardo strizzato nel wonderbra è veramente notevole, la prima cosa che noti.

– Come l'hanno ammazzato? – chiedo a Randone.

– Te lo faccio vedere.

Capitolo 16

«Di sicuro c'è solo che è morto». Rubo uno degli incipit più famosi del giornalismo italiano, inventato da Tommaso Besozzi sull'omicidio di Salvatore Giuliano, per chiudere l'articolessa da mandare a «LiveSicilia». Un pezzo di scrittura, dicono i caporedattori: definizione incomprensibile, quasi esistano articoli non scritti.

Lo rileggo. A volte mi piaccio. Per l'apertura del pezzo ho sfoderato un artifizio retorico abbastanza subdolo: «Sono uno degli ultimi uomini ad aver visto vivo Demetrio Alù. Non proprio l'ultimo, perché l'ultimo è il suo assassino».

E poi giù per quasi cinquemila caratteri, con divagazioni sul suono delle pietre antiche, la bellezza e la ferocia, la città dei morti e la città dei vivi, la maledizione akragantina, la nemesi e la hybris, i lumi e le tenebre, la luce e il lutto. Lo rileggo. A volte provo ribrezzo. Ma è la stampa, e non posso farci niente.

Bussano alla porta.

È già arrivata Suleima?

– Entra, è aperto.

Delusione, non è Suleima. È Peppe.

– Hai smesso i panni di imbucato ai matrimoni altrui? – dico.

Abbandonate le vesti di fazendero uruguagio, è tornato il solito Piccionello versione Màkari. Infradito, calzoncini e una delle sue magliette. Dice: «La Sicilia è un'isola, ma in Sicilia nessuno è un'isola».

– Gente simpatica al matrimonio. Vengono da Canicattì – spiega Peppe.

– Esiste?

– Cosa?

– Canicattì. Bisognerà spiegarlo ai milanesi che non ci credono.

– Dobbiamo fare un altro video?

– Per il momento no, ho scritto un pezzo. Vuoi leggerlo?

– Perché non me lo racconti?

– Sei ancora fermo alla tradizione orale.

Peppe si lascia andare sul divanetto. Dalla terrazza arrivano il pulviscolo e il tepore della primavera. Il sole comincia a calare verso le ciminiere bianche e rosse di Porto Empedocle.

– Perché la mia camera non ha lo stesso panorama? – dice Peppe.

– Perché io sono ospite e tu imbucato.

– Hai spiegato che sono il regista?

– Sì, ma stentano a immaginarlo.

– Se ne accorgeranno. Cosa hai scritto?

– Alù è arrivato al giardino della Kolymbetra verso le sette e mezzo. All'ingresso non c'era nessuno, anche se era aperto, perché in genere al mattino non ci sono visitatori. Qualche contadino era al lavoro, ma il giardino è grande, sono quasi cinque ettari.

– Ci sono contadini?

– È coltivato: ulivi, carrubi, mandorli, arance e limoni. Un paradiso terrestre. Hai ragione tu: la bellezza può fare impazzire.

– Ma non è stato ammazzato dalla bellezza.

– No. Gli hanno spaccato la testa con una pietra. Nella ferita c'erano tracce di tufo sabbioso, dello stesso tipo dei templi.

– Almeno la consolazione di essere ammazzato con una pietra greca.

– Stai diventando cinico?

– No, ma per uno studioso di cose antiche è la meglio morte.

– La pietra usata per ucciderlo non è stata ritrovata, ma lì sarà impossibile. Chissà dove è finita: significa che l'assassino era lucido, si è disfatto dell'arma del delitto che poteva portare tracce del suo Dna.

– Posso prendere una Coca-Cola? Devo digerire, ho mangiato troppo. Il pesce era buono – fa Piccionello e ha già aperto il frigobar.

– Verso le nove Sapienza è arrivato in auto davanti all'ingresso per riportare indietro il professore. Dopo mezz'ora di attesa è andato a cercarlo. E l'ha trovato sotto un mandorlo, faccia a terra.

– Sapienza è quello con la faccia da prete spogliato?

– Esatto.

– È stato lui?

– Randone sta aspettando i risultati dell'autopsia

per fissare l'orario della morte. Ma si è fatto tutto un film: pensa che Sapienza fosse innamorato del professore che invece lo maltrattava. Un delitto passionale, insomma.

– Tu ci credi, Saverio? Rosalia mi ha detto che Sapienza si lamentava perché il vecchio non gli faceva fare carriera.

– Un motivo in più. Ma se non lui, chi doveva ammazzare Alù? E perché?

– Già, perché?

– Di sicuro c'è solo che è morto.

Capitolo 17

– L'aereo per Catania è in ritardo di due ore. Arriveremo a notte fonda – scrive Suleima.

– Per fortuna sei in compagnia di Teodorico – mi viene da scrivere. Ma correggo in tempo.

– Mi dispiace. Ti aspetto sveglio – messaggio, politicamente corretto.

– Uffa, voglio essere già lì con te.

– Ti aspettiamo tutti.

– Tutti chi?

– Eracle, Giunone e Zeus non vedono l'ora di conoscerti.

– Stanotte è solo con te. Niente intrusi.

– Ci provo, ma sai come sono: si sentono immortali.

Gli ospiti di Canicattì sono andati via: il pranzo nuziale è finito presto, non sono nemmeno le sette di sera. Nella terrazza dell'hotel con vista panoramica sull'Odissea, dove siamo scesi per goderci il tramonto con due bicchieri di inzolia, i camerieri sbarazzano le ultime bottiglie vuote dai tavoli, per apparecchiare la cena.

A un tavolo del bar la serata offre il mesto spettacolo di tazzine sporche di caffè, bottigliette d'acqua da mezzo litro e facce contrite di amici, colleghi, estimatori e detrattori del compianto professore Alù Demetrio, docente emerito di archeologia, già componente dell'Accademia dei Lincei, ex sovrintendente ai Beni Culturali della Sicilia, una vita con le mani nella terra e nel fango, e nei soldi, di ogni scavo effettuato nei venticinquemila chilometri quadrati dell'isola più grande, più vecchia e più esausta del Mediterraneo. Rosalia Infantino indossa grandi occhiali scuri e una gonna che resusciterebbe Empedocle. Sapienza è al centro, nel ruolo della vedova dell'illustre studioso tragicamente scomparso. Gli altri hanno volti sconosciuti.

Non me la sento di partecipare a un funerale. Preferisco i matrimoni, seppure col morto. Mi dirigo altrove.

– Peppe Piccionello!

Peppe si gira verso il richiamo.

Arriva da un tavolo della zona ristorante. Ci avviciniamo. Capisco che sono i fotografi del matrimonio, hanno mangiato per ultimi e ora si attardano nell'amaro Averna con ghiaccio.

– Piccionello, ti ricordi di me?

– Sei Sanfilippo, il regista del mio film.

– Il regista del tuo film? – chiedo stranito.

– Sì, ero il protagonista: vero Sanfilippo? – fa Peppe compiaciuto.

– Era un documentario su San Vito Lo Capo – precisa Sanfilippo – pagato dalla Provincia di Trapani. Peppe era la voce narrante, il filo conduttore. È stato bravo.

– Lo so. A Màkari lo chiamano Peppe De Niro – dico.

– Peccato che poi il film non l'ha visto nessuno – continua Sanfilippo – sarà rimasto chiuso dentro una scrivania della Provincia, poi hanno abolito le province e non si sa più che fine ha fatto. Ma io ne ho una copia, se vuoi te lo faccio vedere, Peppe.

– E ora che fai? – chiede Piccionello.

– Non lo vedi? Giro video di matrimoni. Si deve campare, no?

– A chi lo dici. A me tocca perfino di fare il giornalista – confermo.

– Dai, bevete qualcosa – fa Sanfilippo.

Ci accomodiamo con Sanfilippo e i suoi due assistenti: un ragazzino che sogna di diventare film-maker per girare un video con Rosario Fiorello per una canzone di Mario Biondi, ha già la sceneggiatura, gli mancano solo Fiorello e Biondi; l'altro invece non parla mai, ma a quanto pare è considerato il genio di Final Cut e un virtuoso di volo acrobatico col drone.

Eravamo cinque amici al bar e volevamo cambiare il mondo, si parlava con profondità di guai, debiti e di insolvibilità, quando non so perché Sanfilippo si mette a raccontare di uno di Agrigento che gli deve pagare ventimila euro di lavori fatti e mai saldati.

– Di questo faccio il nome – spiega – perché lo devono sapere tutti che è un malo pagatore, si chiama Cannizzaro e deve soldi a mezza città.

– Cannizzaro della Promosicilian? – chiedo.

– Deve soldi anche a te? Scordateli, suo fratello sembrava più serio, lui invece è un fituso col timbro e col bollo.

– Che fine ha fatto il fratello? Una volta l'ho conosciuto, mi pare che si chiama Simone. È morto? – dice Peppe, con la nonchalance del bluffista a poker.

– Non si sa. D'improvviso è scomparso: lui, la moglie e pure il cane. È rimasto il fratello Filippo, ma si fa vedere poco in giro perché c'è mezza Agrigento pronta a rompergli le corna. Ma un giorno vado a San Leone, dove abita, e giuro che mi rovino.

– A San Leone dove? – chiedo.

– Hai presente dove sono le Cuspidi?

– No – dico.

– Chiedi, lo sanno tutti. Ti lasci la gelateria delle Cuspidi alla destra, risali venti metri, prendi la strada a mano dritta, la terza casa, tutta rosa, è la sua. La conosco a memoria. Quando passo lì davanti mi viene il prurito dietro al collo per l'incazzatura. Se leggete sul giornale che sono finito al carcere della Petrusa sapete perché.

– Sanfilippo, non fare così. I soldi vanno e vengono – smorza Piccionello.

– No, Peppe. I soldi vanno solo via, non so nemmeno come. Alla sua età – e indica il ragazzo che vuole dirigere Fiorello e Biondi – sognavo di diventare Fellini. E ora hai visto? Che poi, sarò sfortunato, ma a me capitano sempre gli sposi più brutti del mondo.

– Vengono da te proprio perché sei felliniano – dico.

– Hai ragione. Non ci avevo pensato – fa Sanfilippo. Sembra un po' sollevato.

Mi sono scocciato dei quattro matrimoni del fotografo. Ora ci vuole un bel funerale. Con la scusa di andare a prendere un altro bicchiere di inzolia, lascio Sanfilippo e i suoi assistenti con Peppe e mi avvicino al tavolo del bar dove si celebra la veglia al caro estinto.

– Lamanna, ho letto il suo articolo – dice uno a voce alta.

Lo riconosco: è Moncada, sempre con la sua aria da professore liberal di Harvard.

– Ho apprezzato l'onestà intellettuale – prosegue.

La cosa dell'onestà intellettuale, separata dall'onestà generica, non la capisco bene, mi pare una presa per il culo. Ma evito di dirlo.

– Grazie professore.

– Diamoci del tu. Abbiamo la stessa età, più o meno. Siediti.

Prendo posto accanto a Rosalia Infantino, triste e bella quanto una madonna affrescata in una pieve toscana, ma con occhiali da sole.

– Conosci tutti, vero? – chiede Moncada.

– Certo.

Sapienza annuisce a occhi mesti.

– Sono appena tornato da Catania – fa Moncada – ero a un seminario dell'università, quando mi hanno detto di Alù non riuscivo a crederci. Sono rientrato di corsa ad Agrigento.

– Io non ci credo ancora adesso – mormora Rosalia.

– Ho davanti agli occhi quella scena, quella scena – sospira Sapienza.

– L'ha trovato lei, vero? – gli dico.

– Terribile. Terribile – sospira Sapienza. – Sono esausto.

Lo credo bene: Randone l'ha interrogato per quattro ore, col garbo di Torquemada contro i marrani di Spagna.

– Perché non vai a riposare? – fa Rosalia.

– E chi ha il coraggio di chiudere gli occhi?

– Prendi qualche goccia, ti aiuterà a dormire – Rosalia tira fuori dalla borsa una boccetta di Xanax.

– Dieci? – chiede Sapienza, versando le gocce in un bicchiere d'acqua.

– Meglio venti – corregge Rosalia.

Sapienza butta giù. Strizza gli occhi verso il Tempio della Concordia.

– Allora vado. Provo a dormire – dice, e si allontana senza salutare.

– Poveraccio – commenta Moncada, appena Sapienza scompare alla vista – era l'ombra di Alù.

– Solo l'ombra? – dico.

– Cosa vuoi dire? – fa Rosalia.

– Niente. Voleva molto bene al professore.

– Saverio, non è come pensi – fa Moncada. – Sapienza era il miglior amico dell'unico figlio di Alù, ma il ragazzo morì a sedici anni durante un'immersione. Da quel momento il professore si è attaccato a Sapienza. A volte lo maltrattava, come un padre può fare con un figlio. Alù era difficile ed esigente.

– Forse troppo, se è vero che aveva bloccato la carriera di Sapienza – dico.

Scruto Rosalia, ma fissa il vuoto dietro le lenti scure.

– Sapienza non poteva far carriera. Con o senza Alù. Brava persona, studioso diligente, ma non è un genio e poi non era ancora il suo momento – dice Moncada.

Sarà difficile farlo intendere al vicequestore Randone, penso.

– E il bastone? – fa Rosalia, togliendosi gli occhiali perché il sole è ormai tramontato: un cielo concavo color cobalto delinea il profilo dei templi.

– Quale bastone? – chiedo.

– Il bastone del professore chi ce l'ha?

– L'avrà preso la polizia – dico.

– Tanto tempo fa Demetrio, cioè il professor Alù, aveva detto di volerlo regalare a me.

Il nome di Demetrio, buttato lì e subito corretto con titolo e cognome, mi svela che Rosalia non ha passioni solo per l'archeologia, ma in passato ne ha avuto pure per gli archeologi. Immagino la studentessa ventenne desiderosa di apprendere e il chiarissimo docente adorno di lauri: altro che poesie di Saffo, a Piccionello servirebbe almeno una cattedra di ordinario in lettere classiche.

– Sul pomello c'era incastonata una dracma di Gela – fa Rosalia.

– Il bastone è stato trovato? – mi chiede Moncada.

– Penso di sì. Non so, veramente. Ma è importante?

– Per me sì – dice Rosalia.

Poi torna a fissare la collina punteggiata dai templi, laggiù il mare è quasi nero, colore del vino. Mi sembra di intravedere una lacrima fra le sue ciglia.

– Forse è per te – mi dice Moncada.

Le lacrime di Rosalia per me?

Moncada indica alle mie spalle: mostra il medesimo stupore di Schliemann quando trovò il tesoro di Priamo.

– Sì, credo stia cercando te – dice.

Hai ragione, Moncada. Questa ragazza cerca proprio me.

Magari non sarà una dea, ma è meglio dell'Afrodite di Milo.

Capitolo 18

– Non sembra di pietra – dice Suleima, distesa su un lato, gli occhi alla porta-finestra del terrazzo che inquadra il Tempio della Concordia. Camera con vista extralusso sull'Olimpo.

Il mio personale paesaggio è ancora meglio: le colonne di tufo fanno da sfondo alla curva del fianco di Suleima che percorro con un dito. Angolazione perfetta per apprezzare al contempo storia antica e moderna, passato di pietre e polvere, presente di carne e sangue.

– Alù diceva che riusciva a sentire il suono delle pietre – dico.

– Bella frase. Sarà vero?

– È un segreto che si è portato nell'Ade.

– Quanto sei neoclassico, Lamanna.

– A egregie cose il forte animo accendono l'urne de' forti.

– Mi piaci così. Stai diventando romantico?

– Neoromantico, al massimo. Effetto della Magna Grecia.

– Non è Magna Grecia.

– Da quando?

– Gli abitanti di Akragas erano considerati greci tanto quanto gli ateniesi o gli spartani. La Magna Grecia è al di là dello Stretto.

– Perché sai tutti questi dettagli?

– Perché ho studiato. Chi è la rossa?

– Quale rossa?

– Dai, Saverio, la rossa seduta accanto a te.

– Ah, Rosalia Infantino, l'archeologa.

– Bella.

– Dici? Troppo legata all'antico.

– Allora è perfetta per te, sei paleolitico.

– Scema, io sono classico. Non lo hai ancora capito?

Le do un morso sulla nuca. Una cosa tira l'altra, tramontano la luna e le Pleiadi, ma il Tempio della Concordia ne ha viste tante e non si scandalizza.

– Dove hai lasciato Teodorico? – chiedo appena riprendo fiato.

– Si chiama Teodoro. È in un altro hotel, meno lussuoso e costoso.

– Non ci sono più le archistar di una volta.

– È un tipo concreto, milanese di sostanza.

– Cioè avaro.

– Vedrai, ti starà simpatico. Domani sera ceniamo assieme.

– Sono contento per voi.

– No, ceniamo assieme io, te e Teodorico. Vedi, mi fai pure sbagliare. Io, te e Teodoro.

– E io fra di voi che non parlo mai? Allora, vengo con Piccionello.

– Va bene Saverio, don Chisciotte inseparabile dal suo Sancho Panza.

– Mia Dulcinea del Toboso.

– Ma non era brutta e grassa?

– Proprio come te.

Mi tramortisce con un colpo di cuscino.

La notte di primavera è già una promessa d'estate. In fondo, bastano un letto, una donna e un tempio greco per approssimarsi a una qualche specie di felicità. Neoclassica, naturalmente.

Capitolo 19

Il Giappone stamattina ha invaso la Valle dei Templi. Un avamposto di samurai ha occupato la hall dell'hotel: per fortuna hanno lasciato le katane sul bus turistico della premiata ditta Cuffaro, ma l'accesso alla terrazza è impedito dalla grande muraglia delle loro maneggevoli valigie 168 ore per traversate intercontinentali, a colori così accesi che feriscono il bulbo oculare ancora assopito.

– Li invidio – dico.

– Conosco la tua teoria – fa Suleima – ami il turismo low cost perché realizza i principi egualitari della rivoluzione francese.

– No, i giapponesi sono high cost. Ma ti immagini vedere il mondo con la testa di un informatico di Matsumoto?

– Perché, cos'ha l'informatico di Matsumoto?

– È come portare il piccolo principe a Disney World. Prendi uno cresciuto con cosette piccole piccole, tipo haiku e origami, lo metti davanti a un Telamone di otto metri, spreco inutile del gigantismo, come minimo rimane steso sotto un ulivo saraceno per i prossimi duemila anni.

– Non mi sembrano tanto stesi: ricordati che hanno una cultura millenaria – fa Suleima, scavalcando una Samsonite giallo oro di quarantadue chili.

– Ma sono annichiliti dal turbo capitalismo che per fortuna in Sicilia è ancora incompiuto, come le autostrade. Ecco Peppe.

Piccionello, ripreso il suo abito da fazendero bananiere, è in piedi con una tazzina di caffè in mano. Sapienza, con la faccia di uno che ha dormito malissimo, lo osserva con inedita ammirazione. Rosalia, Moncada e altri seguono con attenzione il discorso di Peppe.

– Il professor Alù è vissuto ed è morto per l'archeologia, per questa Valle. Giusto, direttore?

Uno con i capelli grigi, credo il direttore del museo, annuisce convinto.

– Merita quindi che la sua camera ardente sia allestita nella sala principale, proprio sotto il Telamone dove ha tenuto il suo ultimo discorso. Se ci penso mi si arricciano le carni – va avanti Peppe. – Sapienza, lei diceva che c'è un vaso antico custodito al museo scoperto proprio dal professor Alù.

– Esatto. È un cratere a calice attribuito al pittore di Kleophrades, mirabile esempio dell'arte delle colonie della Magna Grecia, databile al 500 avanti Cristo, a figure nere su fondo rosso.

– Riporta due scene dell'Iliade – prosegue Rosalia Infantino – la morte di Patroclo e i riti funebri organizzati da Achille per l'amico ucciso.

– Perfetto – fa Peppe – il direttore non avrà nulla

in contrario se collochiamo il vaso vicino al tabuto del professor Alù.

– Direttore, potrebbero esserci problemi? – chiede Moncada.

– Non credo – spiega il direttore – già in passato l'abbiamo trasferito di sala. Tecnicamente si può fare, senza grandi difficoltà.

– È giusto che il professore abbia accanto i suoi amici. Achille, Patroclo e il Telamone lo accompagneranno dall'altra parte – dice Piccionello.

Sapienza si alza, abbraccia Peppe: la guancia bagnata di lacrime sulla sua spalla.

– Lei è persona sensibile. Alù lo aveva intuito subito – dice.

Appena Sapienza torna al suo posto, sussurro qualcosa nell'orecchio di Piccionello.

– Quando finisci di giocare al Maurice Béjart dei funerali?

– Questi si occupano di cose morte, ma la morte è una cosa seria – dice.

– È arrivato Teodoro. Io vado, ci vediamo stasera – fa Suleima.

Il re ostrogoto, da barbaro qual è, crede di essere piombato nei tristi tropici di casa nostra: in testa ha un panama Borsalino, indossa un completo di lino crudo e sfodera lo sguardo indagatore di Claude Lévi-Strauss tra i selvaggi, per scovare la profonda civiltà delle singolari popolazioni aborigene meridionali aduse a compiere omicidi rituali all'ombra di antiche rovine per ragioni apparentemente sfuggenti.

– Ho letto il tuo libro. Complimenti – mi dice.

Captatio benevolentiae: attento Lamanna, ricordati che Teodorico invitò a cena Odoacre e lo fece ammazzare; alla maniera di Totò Riina, insomma. Mai sottovalutare i goti e gli ostrogoti.

– Mi sembra di aver capito che uno dei personaggi del romanzo è il tuo amico – prosegue, indicando Peppe.

– Si chiama proprio come me – conferma Piccionello.

– Lei si chiama veramente Piccionello? A me sembrava un nome inventato – fa Teodoro.

– Siamo Piccionelli da sette generazioni.

– Ma tu sei Teodoro Bettini – interviene Moncada – abbiamo frequentato il master di management culturale a Barcellona una decina di anni fa. Ricordi?

– Certo. Moncada, che ci fai qui? – fa l'architetto Bettini.

– Doveva essere un convegno, adesso è un funerale – dice Moncada.

– Chi è morto?

– Il professor Alù, lo conoscevi?

– Non è morto. L'hanno ammazzato – preciso.

– Oddio, lo hanno ammazzato? – esclama Bettini.

– Sì, succede abbastanza spesso in Sicilia – dico.

Benvenuto al sud, amico Teodoro. Mi sento come chi a Palermo, per senso di ospitalità, mostra ai forestieri tutte le lapidi degli omicidi eccellenti.

Suleima prende sottobraccio Bettini. Troppa complicità?

– Dai andiamo, Teodoro, si è fatto tardi. Ci rivediamo stasera a cena.

– Ma perché l'hanno ammazzato? – chiede Teodoro.

– Non si sa. La Sicilia è mistero, è il suo bello – spiego.

– Avevo conosciuto Alù. L'ho incontrato proprio a Barcellona, vero Moncada? – dice Teodoro.

Moncada annuisce.

– Per fortuna ci restano i suoi saggi luminosi – fa Sapienza.

Suleima mi bacia, poi se ne va sulle sue gambe forti tirando per un braccio Teodoro. Povero Lévi-Strauss, ha scoperto che siamo cannibali.

Capitolo 20

Brioscia con gusti pecorino e pistacchio della gelateria Le Cuspidi di San Leone. Avevano ragione a dire che ad Agrigento la conoscono tutti. E capisco perché.

– Com'è il pecorino? – mi chiede Peppe.

– Pecorino – dico.

– Cioè?

– Crema di ricotta.

– Buono?

– Il nome fa senso, ma il gusto è straordinario.

Il villaggio di San Leone ha la grazia malinconica dei posti di mare fuori stagione. Peraltro è un luogo balneare da cui non si vede il mare, bisogna spostarsi almeno di un chilometro per godere del primo paesaggio marino. Una contraddizione, forse conseguenza di una certa frenesia edilizia, che somiglia a una raffinata nemesi logica. Nella città di Agrigento, alta sulla collina, il mare africano è onnipresente e opprimente, troppo vasto all'orizzonte affacciato su un altro continente. Così gli agrigentini hanno costruito un villaggio a mare, con piscine, ville milionarie e scarichi fognari incontrollati, dove si trasferiscono nei mesi estivi forse proprio per non vedere il mare, stanchi di esserne ossessionati per nove mesi all'anno.

Piccionello ha trovato l'armonia tra l'essere e il dover essere. Annusa la salsedine. È tornato in sé: pantaloncini, infradito e maglietta (questa dice: «La Sicilia, tanta voglia di lei»).

– Ma tua nipote che ne sa dei Pooh? – dico.

– Parli della maglietta? L'ho suggerita io. Era il mio cavallo di battaglia quando cantavo sulle navi da crociera.

– Com'è che non sei diventato ministro?

– Che c'entra?

– Hai presente Berlusconi? Era tuo collega di canto.

– Io cantavo bene, però.

E impugnato il suo cono gelato come un microfono, Peppe si trasferisce idealmente sul palco dell'Ariston.

– Mi dispiace di svegliarti, forse un uomo non sarò, ma d'un tratto so che devo lasciarti, fra un minuto me ne andrò. E non dici una parola.

Con tutto il rispetto per Negrini e Facchinetti, i Pooh cantati a cappella rappresentano una sfida che perfino lo spirto guerrier ch'entro mi rugge non riesce a superare indenne.

– Peppe, non facciamoci notare. La casa rosa è quella, vedi?

– Controllo sul citofono.

Si avvicina svagato, nel ruolo dell'uomo a spasso col primo gelato di primavera. Il portoncino di legno si apre. L'uomo corpulento che esce fuori si guarda attorno, scruta Peppe Piccionello che vestito così ha assunto la facies dell'autoctono, al confronto rischio di apparire fuori posto.

– Cannizzaro? – chiede Peppe.

Deve essere abituato agli agguati sotto casa, perché Cannizzaro fila via a passo svelto lungo il marciapiede, le chiavi dell'auto in una mano.

– Sì, è lui – dico. Parto alla rincorsa, anche perché Piccionello, causa havaianas, viaggia a velocità limitata.

Cannizzaro si gira a controllare. Si accorge che sono appresso, accelera. È grosso, ma corre spedito. Rimpiango tutte le mattine in cui mi riprometto di fare jogging nel golfo di Màkari, ma poi resto a letto vinto dalla pigrizia e da un certo snobismo.

– Cannizzaro, dobbiamo solo parlare – grido.

Si vede che tutti gli dicono così, perché la frase provoca l'inserimento del turbo. Scompare dietro un angolo, e quando svolto non lo vedo più. Ma sento il rombo dell'accensione di un'auto.

Mi precipito. Cannizzaro alla guida cerca di uscire da un parcheggio, ma per la fretta perde le misure della sua Qashqai. Non so se ringraziare l'ipertrofia della Nissan o la follia urbanistica di San Leone, ma il combinato disposto produce una ferita lacero-contusa alla fiancata destra del crossover contro un muretto di conci di tufo a vista che, facendo un rapido calcolo a mente, dovrebbe comportare circa millesettecento euro di carrozziere. Ma soprattutto comporta l'arresto del veicolo sinistrato.

Mi slancio verso l'auto. Cannizzaro dietro il finestrino chiuso ha l'espressione del coniglio al laccio. Tento di tranquillizzarlo, mentre cerca di svincolare l'auto con un raccapricciante sferragliare di lamiere che innalza il preventivo del lattoniere, ma tanto Cannizzaro sa che non pagherà mai il conto.

– Ti dobbiamo dare dei soldi – grido per farmi sentire oltre il vetro fumé.

Credo che a Filippo Cannizzaro un fatto così non capiti da quando sua nonna gli regalò centomila lire per la prima comunione

Mi osserva stupito.

– Ti dobbiamo dare seimila euro – dico.

Sopraggiunge Piccionello. Un cane abbaia freneticо dal balcone di una villa, Peppe lo guarda e siccome è l'uomo che sussurra ai mammiferi, il cane si zittisce.

Cannizzaro abbassa di un dito il finestrino.

– Cosa hai detto? – chiede.

– Dobbiamo consegnarti dei soldi – ripeto.

– Hai detto seimila euro?

– Sono per tuo fratello – dice Piccionello.

– E voi chi siete?

– Sono il padrino di Noemi, la ragazza di Màkari, la moglie di Simone – dice Peppe.

Cannizzaro riflette. Immagino stia valutando se fidarsi. Poi, con un respiro, apre la portiera.

– Se li date a me, ci penso io. Mio fratello non può incontrare nessuno.

– Allora arrivederci – prendo Piccionello per un braccio e faccio per andarmene.

– No, aspettate – fa Cannizzaro.

Si sposta verso la fiancata danneggiata per controllare il danno.

– Ci ho lasciato mezza macchina. Chi me la paga adesso?

– Fuggire non è vergogna, ma salvamento di vita. Però bisogna saper fuggire – dico.

Filippo Cannizzaro si passa una mano sulla faccia.

– Va bene, datemi un telefono, vi chiamo più tardi. Vediamo se mio fratello può incontrarvi.

Gli do il mio numero.

– I soldi li avete con voi?

– No, paghiamo solo con American Express – faccio. – Certo che li abbiamo. Tutti belli fruscianti.

– Ci sentiamo nel pomeriggio – dice Cannizzaro.

Lo lasciamo a studiare i solchi sulla fiancata e a immaginare un nuovo modo per fregare il carrozziere. Quando giriamo l'angolo, il cane dal balcone ulula disperato: sente già la mancanza di Piccionello.

Capitolo 21

Appena la bara del compiantissimo professor Demetrio Alù, portata a spalla, entra nel museo parte il solito applauso incongruo, ma sempre buono per i notiziari televisivi della sera. Come da copione, il cielo si è coperto di nuvole scure che all'orizzonte sembrano voler minacciare pioggia, ma ormai nessuno crede più alle coincidenze del tempo, al massimo è solo un digital effect per drammatizzare il set.

Pubblico da grandi occasioni: il sindaco con fascia tricolore, gli impiegati della Valle, un po' di lavoratori socialmente utili sfaccendati, un pugno di custodi in orario di servizio, un gruppo di studenti con le felpe del liceo classico Empedocle, cameramen e cronisti sprovvisti di una vedova o di un figlio ai quali chiedere se perdonano l'assassino. Niente male per un emerito docente di archeologia che non ha mai partecipato a un reality.

Arriva un'auto blu con prosopopea istituzionale. Ne scende, con faccia da funerale, l'onorevole Li Vecchi. Appena mi scorge, viene a stringermi la mano.

– Caro Lamanna. Chi l'avrebbe detto che ci saremmo rivisti così presto? E in questa triste circostanza.

– La morte è un aggregante sociale.
– Hai ragione. Terribile, vero?
– Tu come mai qui?
– Sono presidente della commissione regionale Beni Culturali. Non potevo mancare. Avevo grande stima per Alì.
– Alù.
– Sì, Alù. Avevo grande stima.
Grande stima e memoria corta per i cognomi.
Li Vecchi si accoda al corteo delle autorità. Un prete dichiara qualcosa alle telecamere che registrano con ronzio di radiofrequenze.
– Chi è? – chiedo a un giornalista.
– Il vescovo.
– Ma non è un rito laico?
– Il nostro vescovo non si formalizza. È come Papa Francesco. Infatti sono amici.
Anche io un po' me ne frego delle cose di chiesa, quindi posso diventare amico del Papa.
Entro nella sala del museo. La scenografia allestita da Peppe Piccionello è perfetta. Potrei cominciare così il mio articolo, alla maniera dei vecchi corrispondenti di provincia: «Nella sontuosa, ma austera, cornice del Museo Archeologico di Agrigento, Demetrio Alù torna tra le sue antiche pietre per chiamare a raccolta gli dèi che lo accompagnano nell'ultimo saluto alla più bella città dei mortali». Mi vergogno solo a pensarlo.
Peppe sfodera la sua intima passione per la morte, per i riti e i tempi della morte. Ha trovato, non so dove, un paio di pantaloni neri e un maglioncino di filo

a collo alto color melanzana. Dal fondo della sala del Telamone, assomiglia un po' a Strehler. Con occhio severo, ma partecipe, sovrintende al traffico dei dolenti e dei semplici curiosi.

Un tuono lontano. Forse stiamo esagerando con gli effetti speciali, devo dire a Peppe di non strafare.

Gracchia un microfono. Un colpo di tosse. Breve saluto del direttore del museo, uomo di poche parole e pertanto sempre apprezzabile in tali occasioni. Segue l'onorevole Li Vecchi che porta le condoglianze sincere e dolenti del presidente della Regione, dell'assessore regionale ai Beni Culturali, dell'assessore regionale allo Sport, Turismo e Spettacolo, del presidente dell'Assemblea Regionale Siciliana, della commissione regionale Beni Culturali, dei suoi componenti, singolarmente e in gruppo, e infine i suoi personali. E, avviandosi a concludere, si sofferma per altri dodici minuti sul patrimonio culturale della Sicilia, sui finanziamenti erogati negli ultimi due anni per lo sviluppo del settore, sugli inevitabili ritardi, sull'ottimizzazione delle risorse, sul rinnovo del contratto per i dipendenti delle sovrintendenze, sul riassetto degli orari di visita alla villa romana di Piazza Armerina – che c'entra, non lo so – e infine saluta latinamente, anche se siamo nella Magna Grecia.

– Ave atque vale, caro professor Alì.

Applausi di sollievo. Si avventura al microfono Rosalia Infantino, gli occhiali scuri, i capelli a vela su un lato del volto, bella ed emozionata: la voce scossa dal pianto, mette assieme tre frasi sconnesse e cerca di leggere una poesia, credo di Pessoa.

– La morte è la curva della strada, morire è solo non essere visto. Se ascolto, sento i tuoi passi esistere come io esisto...

Si ferma, la gola invasa dalla commozione.

Applauso liberatorio, fazzoletti fuori dai taschini. Peppe entra in scena, porta via Rosalia Infantino affranta. Buona la prima.

Se la scrivessi così, se questo fosse un vero romanzo, risulterei cinico e anaffettivo. Ma vedrò di spremere qualche bella frase emotiva per restituire la mia commossa partecipazione: tanto, si sa, i sentimenti si definiscono a posteriori.

È il turno di Moncada. Traccia un profilo di Demetrio Alù già pronto per essere messo su Wikipedia: concede qualcosa alle umili origini del professore, allo studio matto e disperatissimo dei suoi anni giovanili, sorvola sulle contiguità politiche, accademiche e professionali che ne avevano fatto il ras dell'archeologia siciliana, accenna alle «molteplici relazioni internazionali» per non dire che era un muratore massone osservante del Rito Scozzese Antico e Accettato, concludendo con un tanto di studiata retorica sull'ultimo sguardo di Alù verso le sue amate pietre, verso gli ulivi saraceni, nella valle degli dèi. Partecipe, ma sorvegliato. Mi piacerebbe avere un elogio funebre così: un compito in classe ben scritto, senza sbrodolamenti.

– Chi è questo? – mi chiede un ragazzo che non ha né la felpa né la faccia dello studente del liceo Empedocle.

– Moncada. Un collega di Alù.

– Parla bene.
– Come un libro stampato – dico.

Mi chiedo cosa ci faccia qui uno con mezza testa rasata alla maniera dell'ultimo dei mohicani. Rientra tra le molteplici relazioni internazionali di Alù?

L'ultimo intervento spetta, sin embargo, a Sapienza. Tema: qualità umane e intime del defunto. Svolgimento: burbero, ma di buon cuore; severo, ma giusto; di sterminata cultura, ma semplice; avido di sapere (e di prebende pubbliche, ma la mia è solo irriverenza gratuita), ma umile; grande vecchio, ma intellettualmente giovane e curioso; affettuoso, ma esigente. Insomma, a ogni virtù è associato un vizio, a ogni empatia un'antipatia. In breve: una mezza carogna, insopportabile da vivo e tollerabile solo da morto.

Esaurito il tempo delle parole, si svolge lento il mesto omaggio. In fila, gli astanti scorrono davanti alla bara. Chi lascia un bacio, chi lancia un fiore, chi fa il conto che son passate due ore. Anche il giovane mohicano sfila davanti alla bara: con la sua mezza cresta ritta in testa sembra specchiarsi nell'elmo dei guerrieri greci congelati sul cratere a calice attico in mostra accanto alla bara di mogano. Cantami, o diva, del pelide Achille l'ira funesta. Gli achei sono tornati.

Capitolo 22

È quasi sera. Il Tempio della Concordia illuminato sullo sfondo di un cielo apocalittico disegnato da William Turner o dalla Pixar, non so bene, se ne frega altamente della morte e della vita, di Alù e di Patroclo. Al massimo può temere gli abusi edilizi, ma ha imparato a conviverci. Non ricordo chi mi ha raccontato – oppure l'ho letto – che parecchi anni fa un consigliere comunale di Agrigento, a difesa delle ragioni degli speculatori abusivi, disse che gli unici edifici non autorizzati erano i templi perché, pur rovistando in tutti gli uffici comunali, non esisteva una concessione o una licenza rilasciata per la loro costruzione. Credo sia una storia inventata: gli agrigentini si divertono a dipingersi pirandelliani, ormai sono entrati nei loro personaggi.

– È andata bene, no? – chiedo a Piccionello, mentre discendiamo a piedi la strada verso l'hotel.

– Mi aspettavo più gente.

– Era un funerale, mica il concerto di Vasco Rossi.

– Speriamo domani per la camera ardente. Stasera le televisioni ne parleranno. Tu fai un video?

– Non credo, le cerimonie laiche non sono abbastanza coreografiche.

– Ma se è stata elegantissima. Ed emozionante. Io me ne intendo: sai che ho tanti parenti e compari, e molti sono morti. Non mi sono mai perso un funerale.

– Peppe, tu hai fatto cose grandi. Anzi, ti prometto che appena muoio chiamo te.

– Ti conosco: all'ultimo momento chiami il primo che capita, magari uno di Milano. Poi non ti lamentare.

Messaggio. Suleima.

– Sono in una camera d'albergo tutta sola.

– Arrivo subito.

– Sarà troppo tardi. Addio.

Allungo il passo, ma il telefono mi scivola a terra.

La muerte va también por el mundo vestida de escoba,
lame el suelo buscando difuntos,
la muerte está en la escoba,
en la lengua de la muerte buscando muertos,
es la aguja de la muerte buscando hilo.

– Che dice? – fa Peppe.

Teresita è carica di spleen: sarà il cielo, l'occasione o, più semplicemente, si annoia.

La muerte está en los catres:
en los colchones lentos, en las frazadas negras
vive tendida, y de repente sopla.

– Qualcosa che parla di morte – dico, cercando di spegnerla.

– Ho capito. Certo che gli spagnoli se ne intendono.

– Come no, l'abbiamo presa da loro la passione funeraria.

– Non solo: hai visto quante belle cose facevano i greci?

– Sì, erano proprio bravi, infatti sono morti tutti.

Un'auto si affianca. Si abbassa il finestrino.

– Lamanna, dove vai? – chiede Randone dalla Hyundai di servizio.

– In albergo. Ci sono novità?

– Il professore è stato ammazzato tra le otto e le otto e mezzo. Nessun testimone, siamo in Sicilia e non vogliamo smentirci.

– Hai interrogato Sapienza?

– Non ha un alibi. Ma non è il solo.

– E gli altri chi sono, Randone?

– Vuoi sapere troppo. Lamanna, io vado a lavorare, e tu?

Glielo direi, ma non voglio farmi invidiare troppo. Penso a Suleima in camera, da sola.

– A rileggere l'Odissea – dico.

– Bravo, ma non studiare troppo, ti rovini la vista – fa Randone, poi rivolto all'autista – andiamo in questura.

L'auto riparte col lampeggiante muto che si accende e spegne contro un cielo scuro in cinemascope.

– Me la traduci? – dice Peppe.

– Cosa?

– La poesia spagnola del telefonino.

– Ci provo. Ma sarà triste, di sicuro.

– Se c'è un morto bisogna essere tristi, no? Almeno c'è una buona ragione. Tristi con i morti, allegri con i vivi.

Capitolo 23

– Perché ridi? – mi chiede Suleima.
– Non rido. Sorrido.
Scendiamo giù nella hall dell'albergo.
– Dai, finiscila. Sembri uno stupido – dice.
– Che ne sai? Magari lo sono.
– Vabbè, fai come vuoi.
Ho verificato nello specchio in camera che il mio sorriso, in effetti un po' ebete, raffigura plasticamente lo stato di benessere del mammifero maschio nella stagione degli amori. E ora cerco di mantenerlo vivo fino all'arrivo al ristorante dove incontreremo Teodoro per spiegargli con la mia espressione muta, beata e serena il senso di possesso che fu prealessandrino rispetto a Suleima. Così, tanto per togliermi una soddisfazione e a scanso di equivoci.

Suleima ha sulla pelle un'ambra di primo sole siciliano e odora di qualcosa che sa di sabbia, mandorle e salsedine. Ma forse è solo una mia impressione. Alla mente affiorano frasi trepidanti e profonde, strappate via dai versi immortali di Max Pezzali e Lorenzo Cherubini, in arte Jovanotti.

– Che ti è successo? Perché questa faccia? – chiede Peppe Piccionello appena mi vede.

– Stasera ha deciso di interpretare l'idiota di Dostoevskij – dice Suleima.

Guardo l'uno, poi l'altra. Non rispondo, il mio sorriso seppellirà le loro parole.

– Ma allora è diventato veramente cretino? – dice Peppe.

– Lo è sempre stato, ma ero accecata dall'amore.

– Hai intenzione di andare avanti così per tutta la sera? – mi chiede Piccionello.

Non posso reagire, guasterei la mia maschera nuda. Un po' cretino mi sento, ma solo un po'.

– Andiamo? – dico.

In auto risaliamo verso la città che ci viene addosso con i suoi palazzoni aggrappati alla collina.

– Incredibile – fa Suleima.

– Cosa? – domando, mentre guido cauto per non sgualcirmi l'espressione.

– Questi palazzi. Lo sai che si studiano all'università?

– Si studia come farli saltare in aria con la dinamite?

– Più o meno. C'era un intero capitolo del libro di urbanistica sulla frana di Agrigento, mezza città scivolò giù. Subito dopo fu fatta la prima legge edilizia in Italia.

– In Sicilia l'hanno presa seriamente, hai visto?

– Tolli – dice Peppe seduto dietro.

– Cosa? – fa Suleima.

– Si chiamano tolli – ripete Peppe.

– E che significa, Peppe?

– Significa birilli – dico.

– Ci giocavo: i tolli e la ciampa. Si lanciava la ciampa per far cadere i tolli. Ero bravo – fa Peppe.

– Il bowling dell'età della pietra. L'abbiamo inventato noi, poi gli americani ci hanno fatto i soldi. Al solito, come l'affare del telefono – spiego.

Il ristorante è nella piazzetta San Calogero. L'insegna dice Kalós, e non capisco se è un omaggio alla pagana Magna Grecia o al santo nero di Agrigento paganamente venerato.

Teodoro aspetta all'entrata, quasi perfetto in pantaloni kaki, giacca blu e camicia bianca.

Aggiusto un po' meglio il mio sorriso che racchiude il mistero della vita, per sicurezza metto un braccio ai fianchi di Suleima e mi presento come il maschio alfa del branco, per mettere le cose in chiaro.

Teodoro finge di non raccogliere. O non raccoglie. O non intende. O finge di non intendere. Nel dubbio, il sorriso soddisfatto del conquistador mi si sgretola come l'intonaco dei palazzi di Agrigento e torno ad essere il Lamanna Saverio di sempre, riappropriandomi della mia solita espressione che immagino di intelligente ironia, ma forse è solo la faccia che indosso da più di quarant'anni, non avendone altre.

– Qui il pesce è buonissimo – fa Teodoro appena prendiamo posto.

– Ti fidi ancora di TripAdvisor? Sei ormai l'unico al mondo – dico.

– No, ho chiamato un mio collega di Agrigento.

– È un servizio offerto dall'ordine degli architetti? Avete aperto una sezione archigastronomica?

– Hai ragione – ride – siamo come la massoneria.

Suleima mi tira una pedata sotto al tavolo, ma con una mano mi accarezza il braccio sorridendo.

– Architetto, posso farle una domanda? – fa Peppe.

– Certo, ma diamoci del tu.

– Architetto, hai mai pensato di aprire il tuo studio anche in Sicilia?

– Caro Piccionello, perché questa domanda?

La maglietta di Peppe parla da sola: «Sicilyquiz: dove trovi tutte le risposte».

– Penso a questi due ragazzi: come fanno a sposarsi? – Peppe indica me e Suleima.

Sento la mano di Suleima paralizzata sul mio braccio, mentre precipito in una curvatura spazio-temporale. Chi ha parlato invano di matrimonio? Penso agli ebrei che non pronunciano il nome di Dio, la regola dovrebbe valere anche per i disoccupati scapoli di successo come me. La memoria mi restituisce brandelli dell'articolo 143 del codice civile, ascoltati sempre distrattamente, ma a quanto pare ormai indelebili: dal matrimonio deriva l'obbligo reciproco alla fedeltà, all'assistenza morale e materiale, alla collaborazione nell'interesse della famiglia e alla coabitazione.

– Ah, non sapevo della novità. Quando pensavi di dirmelo? – chiede Teodoro a Suleima.

– Non è all'ordine del giorno – risponde Suleima, assumendo gergo da assemblea condominiale.

Peppe mi guarda severo.

– Da dove ti salta in mente? – gli dico.

– L'hai detto tu l'altro giorno – risponde lui.

Non l'ho mai detto, però l'ho pensato dopo l'ultima notte a Milano.

– Non voglio sposarmi – apostrofa Suleima.

– Ecco, ora sai che vuole sposarti – mi fa Peppe.

– Ha detto il contrario.

– Appunto. È così: lei dice no, ma tocca a te insistere.

– Non sapevo che la questione fosse così complessa – dice Teodoro – con mia moglie è stato molto semplice. Abbiamo deciso assieme.

Peppe lo osserva tra sconcerto e indignazione.

– Siete del nord. Non vale.

– Anche Suleima è del nord – preciso.

– Ma tu sei maschio e siciliano – fa Peppe.

Il mio telefono vibra in tasca. Numero sconosciuto, sarà una Sabrina albanese che vuole offrirmi 30 gigawatt e mille messaggi mensili. Non rispondo.

– Basta, Peppe. Non siamo in un film di Pietro Germi – dico.

Il telefono vibra ancora. Ora rispondo come faccio sempre con i call center: balbetto a scopo dissuasivo.

– Pro, pro, pron, pronto?

– Lamanna, sono Cannizzaro. Se volete incontrare mio fratello venite a mezzanotte davanti allo stabilimento Le Dune.

– E dov'è?

– Lo sanno tutti. Chieda. A mezzanotte.

E stacca.

– Saverio, l'emozione ti ha fatto diventare balbuziente? – dice Suleima.

– No, per, perché di, di, dici questo?
Mi stampa un bacio sulle labbra. Sotto gli occhi di Teodoro. Sono il re della foresta.

Capitolo 24

Aveva ragione Teodoro: il pesce era veramente buono. Ora, carichi di molti calici di inzolia scendiamo nella notte verso il mare africano. Le strade sono quasi deserte, i templi risplendono sulla collina, i neon di mobilifici e supermercati ci accompagnano al fondo dell'Europa.

Una luna gonfia splende in cielo. La strada muore in una curva, lo stabilimento è chiuso, l'insegna spenta.

– È qui? – chiede Suleima.

– Sì, c'è scritto Le Dune – dico.

– Io faccio due passi – e Peppe si avvia verso la spiaggia, immagino voglia lasciarci soli.

Appoggiati all'auto, io e Suleima guardiamo la luna.

– Mia mamma diceva che non bisogna guardare la luna perché ti affascina – dico.

– Affascina, infatti.

– Affascinare in dialetto significa rimanere stregati, affatturati, ammaliati. Ma era una vecchia leggenda, mia madre la sentiva da bambina, la ripeteva per gioco.

– Ti manca?

– La luna?

– Hai capito, Saverio. Tua madre, ti manca?

– Credo di sì, ma impariamo a crescere proprio nell'assenza.

– E io ti manco?

– In un altro modo.

– Ci hai pensato mai?

– A cosa?

– A quello che ha detto Peppe: un pezzo di vita assieme noi due.

Un lampeggiante lancia i suoi riflessi blu sull'insegna spenta dello stabilimento.

– Eccoli – dico.

L'auto scura si ferma accanto alla nostra. È seguita dalla Qashqai di Filippo Cannizzaro, con le ferite sulla fiancata.

Dall'auto di servizio vengono fuori due con i passamontagna sul volto. Si guardano attorno, tengono una mano nascosta sotto i giubbotti.

Cannizzaro scende dal suo crossover flagellato, Peppe si avvicina.

– Dove sono? – chiede Piccionello.

Da dietro il finestrino posteriore dell'auto scura appare il volto di una donna. Uno dei due sbirri incappucciati apre lo sportello.

– Noemi – dice Peppe.

La ragazza, un uccello spaurito, vola per abbracciare Piccionello.

– Peppe, sei veramente tu? Come sta mamma? – poi scoppia a piangere contro il suo petto.

Peppe le accarezza i capelli, le sussurra all'orecchio. Sarebbe un buon padre, penso.

Cannizzaro si avvicina, indica Suleima.

– Lei chi è?

– Promessa sposa – dico.

– Sicuro? – rincara sospettoso.

– Aspetta, forse c'è stato uno scambio di persona, me la ricordavo biondina e bassina. Ma certo che sono sicuro.

– Scusate, ma la situazione è molto tesa. Hanno intercettato due mafiosi di Siculiana che progettavano un attentato usando una donna come esca, la polizia ci ha raccomandato di stare all'erta.

Cannizzaro va ad aprire l'altro sportello. Gli agenti di scorta si dispongono a una certa distanza, scrutano la strada, parlano negli auricolari.

Simone Cannizzaro sbuca piano dall'auto, è l'opposto di suo fratello, piccolo e gracile. Cammina lentamente. Con un gesto accarezza la schiena di sua moglie, ancora aggrappata a Peppe. Ha lo spaesamento del detenuto appena uscito dal carcere.

– Allora, fratellino, come stai? – gli chiede Filippo.

– Sono contento per Noemi, le fa bene vedere qualcuno di famiglia – dice a voce bassa Simone.

Si sente il rumore delle onde sulla spiaggia.

– Hanno portato i soldi per voi – dice Filippo al fratello.

Uno dei due sbirri sussurra qualcosa a Filippo Cannizzaro.

– Mi dicono che non possiamo fermarci a lungo. Ragioni di sicurezza, ci sono movimenti di auto sospette.

– È così bella – fa Simone con gli occhi alla luna.

– Dove avete i soldi? – mi chiede Filippo.

– In albergo, mi hai avvisato all'ultimo momento. Mica li portiamo sempre dietro.

– Vabbè, me li date domani. Per te va bene, vero Simone? – chiede Cannizzaro al fratello.

– No, a me non va bene – dice Peppe.

– Come: non va bene? – fa Filippo Cannizzaro.

– I soldi li consegno solo a Noemi – puntualizza Peppe.

– Ma già così è un rischio, domani Simone e Noemi potrebbero essere trasferiti in qualche altro posto segreto – dice il Cannizzaro maggiore.

– Non voglio trasferirmi ancora, non ce la faccio più – esplode stridula Noemi.

– Ti capisco, ma è per sicurezza. Vero? – chiede Filippo a uno dei due agenti che annuisce grave.

– Cannizzaro, i soldi devo consegnarli a Noemi. Ho preso l'impegno con sua madre e devo rispettarlo – fa Peppe.

Uno dei due agenti fa segno all'altro che è tardi.

Allontanano Noemi da Piccionello, la sospingono verso l'auto scura.

Lo sguardo della ragazza ricorda lo strazio della bambina strappata dalle braccia della mamma.

– Noemi non si muove – dice Peppe. E si mette davanti all'auto.

I due della scorta portano le mani sotto i giubbotti, impugnano il calcio delle pistole.

– Calmi tutti – intervengo. – Peppe, cosa c'è?

– Voglio parlare con Noemi e Simone.

– Non si può, qui è troppo pericoloso – avvertono i poliziotti.

– Allora andiamo in questura – dico – avviso il mio amico Randone, lì siamo al sicuro.

Filippo Cannizzaro guarda i due sbirri dagli occhi mobili nei fori dei passamontagna, con un gesto chiede un po' di pazienza.

– Dieci minuti, non di più – dice uno dei poliziotti.

– Va bene – fa Peppe.

– Meglio sulla spiaggia, qui siamo troppo in vista – spiega Filippo.

Affondiamo i piedi nella sabbia fredda. Il mare è chiaro sotto la luna.

Il verso di un uccello notturno risuona tra i pini mediterranei.

– Sento freddo – dice Suleima.

Le metto la mia giacca sulle spalle nude. E le bisbiglio:

– Un pezzo di strada assieme? Ora ci penso.

Capitolo 25

– Ci piaceva andare al mare, avevamo un piccolo gommone. La cosa più bella era uscire la domenica, andare a cercare spiagge deserte e nascoste. Da due anni non possiamo andare più a mare, il gommone lo abbiamo svenduto. Come si fa a vivere così, me lo dite voi?

Il mare africano, penso, cercando di ricordare chi lo ha chiamato così. Il mar d'Africa e di Sicilia.

Suleima ha gli occhi lucidi.

Noemi seduta su un tronco slavato, riverso sulla sabbia, parla piano. Simone le tiene la mano sulla spalla. I due poliziotti si tengono a distanza, attenti a sorvegliare la spiaggia notturna deserta.

– Prima le telefonate mute, poi una busta con due proiettili nella cassetta della posta. All'inizio non avevamo paura, anche Filippo diceva che non c'erano problemi, vero?

Filippo Cannizzaro annuisce, tenendo tra le sue una mano di Noemi che continua a raccontare con una voce da bambina dopo il pianto.

– Non avevamo avuto richieste di pizzo, la nostra è una piccola azienda, stampiamo manifesti, produciamo teloni per camion, materiale pubblicitario, qualche spot per le tv e le radio locali. Pensavamo che le cose di mafia riguardassero altre imprese, magari quelle dell'edilizia. Ma un giorno abbiamo trovato Ciccio avvelenato, ricordi Simone?

– Il nostro cane, un cocker spaniel di quattro anni – spiega Simone.

– Sotto il collare aveva un biglietto. Farete la fine dei cani, c'era scritto – prosegue Noemi. – Abbiamo capito che non scherzavano. Filippo quella sera ha chiamato davanti a noi un suo amico poliziotto. Ci ha detto di andare subito via, ci ha consigliato un residence a Caltanissetta. Siamo scappati come ladri, di notte, quattro cose messe in fretta dentro una borsa. Da allora non siamo mai più tornati a vivere a casa. Nemmeno ricordo quanti posti abbiamo cambiato in due anni: case squallide, in città o in campagna, sempre con le finestre chiuse, senza poter uscire. Ci hanno protetto questi ragazzi, che Dio li benedica. Fanno pure la spesa. Mi comprano perfino le mutande: che vergogna.

Indica i due poliziotti, ombre scure nella notte.

– Purtroppo la situazione è andata peggiorando – dice Filippo – c'è un'indagine in corso, una cosca di Siculiana ci ha preso di mira, ne hanno arrestati alcuni, ma gli altri sono ancora latitanti.

– Ma perché ce l'hanno con voi? – chiedo.

– Perché siamo stati cretini e in Sicilia non è permesso – fa Simone.

– Abbiamo fatto un lavoro grosso per una ditta di autotrasporti di Realmonte – spiega Filippo Cannizzaro – che ci aveva commissionato venti teloni per camion.

Non hanno pagato, così gli abbiamo mandato i decreti ingiuntivi. Non sapevamo che la ditta era di alcuni mafiosi di Siculiana. I nostri decreti hanno fatto partire degli accertamenti, la ditta è stata sequestrata dall'antimafia. E ora questi pezzi di merda ce la vogliono fare pagare, convinti che siamo stati noi a mandargli la guardia di finanza.

– Pazzesco – commenta Suleima.

– È la Sicilia – dico.

– Il giusto paga per il peccatore – sentenzia Peppe.

– Due anni senza una casa, senza una vita – dice Noemi – non vediamo più nessuno, né parenti né amici, telefonate razionate per non farci individuare, l'azienda va a rotoli, i clienti sono spariti, i fornitori vogliono i soldi. Per fortuna ci sono i nostri angeli custodi: non li abbiamo mai visti in faccia, ma almeno ci proteggono, sono vicini a noi in questo inferno.

– Ma perché Simone è minacciato e tu no? – chiedo a Filippo.

– Mio fratello è l'amministratore dell'azienda – risponde – sulle ingiunzioni di pagamento c'era la sua firma. Ma anche io devo guardarmi le spalle, ecco perché l'altro giorno non vi ho ricevuto e poi a San Leone sono scappato. A casa non dormo mai, ci passo ogni tanto, prendo le cose che possono servire a Simone e Noemi che abitavano al piano di sopra. Vivo come un fuggitivo, una notte qui e una lì. La polizia mi ha detto che non devo avere abitudini o orari fissi. Campo da randagio, ma almeno io non ho famiglia, non ho né moglie né figli.

– Filippo ci ha salvato la vita e rischia la sua per noi. È molto più che un fratello – dice Simone.

I poliziotti si avvicinano, gli auricolari incollati.

– Dobbiamo andare, presenze sospette.

Dalla punta della spiaggia avanzano tre ombre, qualcuno canta a squarciagola.

– Sono solo ubriachi – dico.

– Meglio non fidarsi – mi risponde il poliziotto.

Torniamo in fretta alle auto.

Noemi abbraccia Peppe.

– Penso sempre a mamma, mi manca tanto.

– Lo so, Noemi.

Sbattono gli sportelli, l'auto parte sgommando. Gli sguardi di Noemi e Simone dal lunotto posteriore, illuminati a intermittenza dal bagliore blu del lampeggiante, sono un addio solitario e finale.

Filippo Cannizzaro allunga il passo verso la sua macchina.

– La prossima volta però portate i soldi – dice.

– Cannizzaro, siamo qui per questo – replico.

La Qashqai riparte a tutta velocità.

Torna il silenzio nel viale delle Dune, mentre il rombo dell'auto di Cannizzaro si allontana.

– Avevi ragione, Peppe. Lo Stato li tratta come detenuti – dico.

– Ecco perché chi testimonia contro la mafia se ne pente – fa Suleima.

– La Sicilia fa veramente schifo! – sbotta Peppe.

– Ecco, Peppe, scrivici questo sulle tue magliette.

Capitolo 26

Suleima, il pugno chiuso sul cuscino, mormora nel sonno qualcosa che non capisco bene, come rosa o sposa. Filtra luce dalle persiane, controllo l'orario sul telefono: sette e mezzo. Il pensiero di dover inviare entro le dieci un altro articolo a «LiveSicilia» mi strappa dal letto dove invece vorrei restare più a lungo possibile. Mi alzo con l'animo lieve dello zolfataro che scende in miniera.

La mia faccia al mattino nello specchio del bagno mostra la sorpresa di incontrarmi ancora una volta. Mi abituerò mai a me stesso?

– Perché te ne vai? – dice Suleima, seduta sul letto.

– Non me ne vado – dico.

Ha una faccia strana.

– Perché te ne vai?

Mi avvicino, tiene lo sguardo fisso sulla tv spenta. Una forma di sonnambulismo? La accarezzo piano, la adagio sul cuscino, posandole baci sulla fronte.

– Non me ne vado, Suleima. Dormi, è presto.

– Perché te ne vai? – sussurra, mentre il sonno la riacchiappa.

Non me ne vado. Non ho dove andare. Semmai, sei tu che te ne vai. Io sono sempre qui. Come dice il proverbio: la pena è per chi resta. O per chi parte? Non ricordo più. Forse hai ragione tu, Suleima, dovrei staccarmi di nuovo dalla Sicilia, chiudere la casa di Màkari, prendere un volo per Milano, Torino o Boston e ricominciare tutto da capo. With or without you. L'ho fatto tante volte. E, da lontano, la Sicilia mi doleva meno. Non mi è mai mancata, era solo un retaggio di cui portarsi appresso lusso e fatica, poco più che un sentimento. Ma forse sono stanco: mi piace pensarmi con una birra Corona in mano e lo sguardo su Monte Cofano che scurisce al tramonto. O forse mi trovo nel tempo incerto in cui non capisco più se sono ancora giovane o troppo vecchio.

Suleima non può sentire i miei pensieri. Dorme a pancia in giù, un piede fuori dalle lenzuola che mi commuove. Mormora una parola che non capisco, come delusa o confusa.

Esco dalla camera senza fare rumore, scendo giù nella hall: alla reception c'è una ragazza giovane, biondina, gli occhi azzurri, potrebbe stare benissimo a Copenaghen o ad Amsterdam, tranne quando apre bocca. Ha un accento girgentano che non si presta a equivoci, ma è molto gentile e mi spiega che posso usare il computer dell'albergo.

– È lì dietro la colonna, vede? – dice, con tutte le vocali aperte.

Sono le otto meno un quarto. A quest'ora sarà già sveglio. Chiamo.

– Randone, sono Lamanna.

– Saverio, a quest'ora? Sei malato?

– Il mattino ha l'oro in bocca.

– Mi sto facendo la barba, Lamanna.

– Beato te, che ancora pensi di avere una faccia.

– Cosa vuoi, Lamanna? Non credo mi chiami solo per darmi il buongiorno.

– Ieri hai detto che ci sono altri sospettati. Chi sono?

– Lamanna, non dicevi che avevi perso il vizio?

– Quello è il lupo, ma perde il pelo. Il vizio mai.

– Tanto i nomi non puoi scriverli. Ah, ho letto il tuo pezzo. Bella poesia, ma non hai nemmeno una notizia.

– Randone, sai che sei in debito. O vuoi che tua moglie torni a Enna? Anzi, a Ragusa dove il clima è migliore.

– Ricattatore. Fatti due conti, Saverio. Non è difficile.

– Sapienza è il primo, giusto?

– Sì, ma non è una questione di sesso. Per Alù era come un figlio.

– Questo l'ho già scritto, Randone, non ripetere le cose che so. Il movente?

– Vacci piano, sono solo ipotesi: complesso di Edipo, ti va bene?

– Non è un movente, ma una minchiata inventata da Freud. E oltre a Sapienza?

– Pensaci. Chi ha parlato al funerale di Alù?

– Infantino e Moncada? Non ci credo.

– Tu l'hai detto.

– Non pontificare come il vangelo secondo Matteo. E per quali motivi Infantino o Moncada volevano Alù morto?

– Lamanna, per ascoltare te mi sono tagliato sul mento, fai danno anche da lontano. Il motivo non lo so ancora. Stiamo lavorando. Hai mai sentito dire che la polizia fa indagini a trecentosessanta gradi?

– Lo sento dire quando la polizia non sa da che parte cominciare.

– Ecco, bravo, scrivi così: indagini a trecentosessanta gradi.

– Piuttosto mi ammazzo.

– Ti ammazzo io se scrivi un solo nome.

– E che scrivo, dunque?

– Cazzi tuoi, Lamanna. Hai voluto fare il giornalista? Allora inventa. Mi sono ridotto come un cristo per colpa tua. Stamattina ti sei svegliato coll'intenzione di rompere la minchia a me?

Chiude.

Vado in terrazza dove viene servita la colazione. Un caffè prima di mettermi al computer. Cedo alla cassata al forno e a un cornettino alla ricotta caldo caldo. Doppio espresso.

Arriva Moncada. Non mi vede. Ha la faccia stanca di chi ha dormito poco. Per la prima volta appare un po' sgualcito.

– Moncada – chiamo.

– Ah, sei già qui? – mi fa.

– Volevo godermi la mattinata.

Il Tempio della Concordia brilla nell'aria fresca e lucente.

– Caffè? – dico.

– Sì, anzi, no. Devo andare.

– Tutto bene, Moncada?

– Tutto bene. Anzi, no. Una nottataccia.

– Deve essere stata l'emozione di ieri.

– Penso di sì. Ci vediamo dopo.

Mi metto al computer, scrivo tremila battute piene di giri di parole per non fare i nomi: «c'è più d'un sospettato, almeno altri due», «si scava nell'inner circle del professor Alù», «l'assassino si nasconde tra coloro che erano più vicini all'archeologo ucciso», «un delitto non casuale», «gli investigatori ricostruiscono il puzzle delle ore e dei minuti precedenti all'omicidio». Poi mi vergogno della parola puzzle, cancello e sostituisco con «mosaico».

Avvio la stampa: nella mia vita non ho mai scritto una sola riga prima di mezzogiorno, mi sento più sicuro se controllo su carta la fatica antelucana. La stampante parte con un ronzio, poi si inceppa.

Tiro fuori il foglio incastrato, ripeto la procedura di stampa. Niente. Una lucina rossa occhieggia intermittente. Adotto la prima regola dell'informatica: stacca la spina e ricomincia.

Sembra funzionare. Con un po' di borborigmi alla maniera del robottino di *Star Wars*, la Canon riparte. Sputa un po' di fogli, vecchie code di stampa: una carta d'imbarco Alitalia intestata a un tale Jaku Washiki, l'estratto conto di una PostePay, tre pagine in inglese su Siracusa e un foglio bianco con una sola riga: «L'hai ucciso tu».

Lo prendo, lo rigiro, rileggo.

L'hai ucciso tu.

La Canon sta sfornando le mie due cartelle.

L'hai ucciso tu.

– È ripartita? Meno male, era bloccata da due giorni – dice la receptionist, spuntando alle mie spalle.

– Sì, bastava accendere e riaccendere – dico, prendendo tutti i fogli dalla bocca della stampante.

– Vuole un caffè? – mi chiede.

– Sì, grazie.

– Vado a prenderlo al bar. Espresso?

– Espresso.

Si allontana. Leggo. Rileggo.

L'hai ucciso tu.

Dodici lettere, in carattere Arial Black.

Capitolo 27

– Magari è una cosa che non c'entra niente con Alù – dice Peppe, appoggiato alla balaustra della terrazza della mia camera con vista sulla collina degli dèi.

– Peppe, ma che dici?

Con la coda dell'occhio intravedo Suleima seduta sul letto che si pitta le unghie dei piedi con uno smalto color del mosto: una pratica femminile che sempre mi dà un certo turbamento, non so perché.

– Peppe ha ragione – fa Suleima – magari è uno che per fare una prova di stampa ha scritto una frase qualsiasi.

– Certo, la prima che gli è venuta in mente, guarda caso proprio quando c'è un morto ammazzato e proprio nell'albergo dove soggiornano i tre principali sospettati.

– Ci sono altri, oltre a Sapienza? – fa Peppe.

– Randone indaga anche su Moncada e Rosalia Infantino – dico.

– Non ci credo che è stata Rosalia.

– Che cuore d'oro, Peppe. Sei innamorato dell'archeologa bella e buona? Anzi, kalòs kai agathós, direbbe lei.

– Scimunito.

– Detto da te – e indico la scritta sulla sua maglietta.

«Threenakria: pensa in greco, parla in dialetto, veste all'inglese».

– Quindi, secondo te – dice Suleima, sdraiata sul letto per far asciugare lo smalto – il messaggio è rivolto a uno di loro tre?

Perché ti metti il colore scuro alle unghie dei piedi se stai andando a lavorare?

– La questione è anche chi lo ha scritto – dico, distogliendo lo sguardo dai piedi di Suleima e dalle sue gambe nude.

Dal punto in cui si trova, Peppe non può guardare all'interno della camera: meno male, sennò mi trasformo in compare Alfio. Sto subendo una metamorfosi culturale: il gallismo sopra di me, la legge della Sharia dentro di me.

– Può averlo scritto uno dei tre – dice Piccionello.

– Oppure qualcun altro – aggiunge Suleima.

– Sarà difficile scoprire chi ha ricevuto il messaggio, perché il destinatario non ha nessun interesse a rivelarlo – rifletto a voce alta – forse è più facile scoprire chi lo ha scritto.

– Ma chiunque lo abbia scritto, perché lo ha scritto? – dice Suleima, ora nuda in piedi.

Scruto Peppe: non vede, non può. Amico mio, hai rischiato la vita senza saperlo. Poi, pentito, caccio il mio Otello interiore sotto il tappeto.

– Non ho idea – dico.

– Saverio, scusa, ma che te ne frega? – fa Peppe. – Dai tutto a Randone e se la sbriga lui.

– Già, Peppe ha ragione: a te che interessa? – insiste Suleima, mentre indossa i jeans che a me piacciono tanto, soprattutto da dietro.

– Mi sembra di parlare con due pazzi. Di Peppe lo sapevo. Mi stupisco di te, Suleima.

– Cosa ho detto? – fa Suleima, mentre tira fuori dalla borsa una delle sue magliette (troppo scollata, meglio l'altra). E sbotto.

– Perciò: vi ho fatto diventare dei personaggi, siete quasi famosi in buona parte del territorio nazionale, le vostre avventure sono seguite da migliaia di persone. Tutti sanno che scrivo libri sulle cose che mi succedono. Gialli postmoderni venati di ironia e di iperrealismo, un po' alla maniera di Lucian Freud, così dice un critico. E voi chiedete perché mi scervello sull'omicidio di Alù. Ma allora cosa ci scrivo nel prossimo libro? Le ricette di nonna?

– Mia nonna sapeva cucinare benissimo – fa Peppe.

– Tua nonna bruciava le melanzane, ma a te sembravano buone perché conoscevi solo quelle – dico.

– È vero, le bruciava. Ma la sua parmigiana era speciale.

– Ma chi se ne fotte della parmigiana di tua nonna, con tutto il rispetto, Peppe. Sto cercando di spiegare perché mi interessa l'omicidio di Demetrio Alù e dovrebbe interessare anche voi. Almeno per continuare ad esistere in quanto personaggi oltre che persone.

– Io sempre Peppe Piccionello sono: dentro o fuori i tuoi libri.

– Ma sei più Piccionello in letteratura.

– Io mi sento più Piccionello nella vita che nei tuoi romanzi, dove, tra parentesi, nemmeno mi somiglio.

– Vi state avvitando – fa Suleima – sarà la sindrome di Pirandello. Saverio, andiamo al concreto: cosa pensi di fare adesso per scoprire chi l'ha scritto o chi l'ha ricevuto?

– Non so, devo pensare.

– Mentre pensi, io vado al lavoro. Sono le nove e Teodoro sta passando a prendermi. See you later, ragazzi.

Viene a baciarmi, ciao ciao a Peppe. La vedo andar via con i suoi jeans, la maglia troppo scollata e un paio di sandali con la zeppa che fanno ben vedere lo smalto color mosto.

– Suleima sta proprio bene – fa Piccionello.

– Cosa intendi dire? – rispondo sospettoso.

– Ho capito.

– Che hai capito?

– Altro che postmoderno, Saverio. Tra poco ti metti a suonare il marranzano, mentre affili il coltello a serramanico.

– Mi piaci quando frequenti i luoghi comuni, sono posti sempre affollati.

– Fatti una doccia fredda, Saverio. Ci vediamo dopo.

Se ne va con le mani in tasca, cantando a voce bassa, ma abbastanza per farsi sentire.

– Gelosia. Mi acceca, mi uccide, assurda malattia.

Capitolo 28

Risaliamo a piedi verso il museo.

– Peppe, avevi ragione. S'è sparsa la voce.

Davanti ai cancelli c'è ressa, molte telecamere, cronisti, curiosi, auto blu.

– Non mi convince – fa Peppe.

– Che succede? – chiedo a uno col cappellino Mobili Annense.

– Non so, stavo andando a Villaseta, ho visto gente e mi sono fermato.

Mi avvicino alla cronista incontrata davanti alla Kolymbetra, quella tutta tette e microfono.

– Ciao Pamela, cos'è questo movimento?

– È arrivato il presidente della Regione: è già dentro. Tu sei Lamanna, vero?

– Modestamente.

– Ho letto il tuo pezzo di stamattina. Chi sono gli altri due sospettati oltre a Sapienza? Randone non risponde nemmeno al telefono.

– Non so i nomi, Pamela. Lo giuro.

– Ma sei amico di Randone, puoi chiederglielo – mi dice, venendo troppo vicina con il suo wonderbra effetto push up. – Segnati il mio numero, così se sai qualcosa di più mi chiami. Stasera c'è una festa a Oceano Mare. Vuoi venire?

– C'è anche Baricco?

– È un collega?

– Più o meno.

– Non lo conosco. C'è la festa di compleanno di una mia amica. Dai, ci divertiamo. Ci sentiamo più tardi – e se ne va.

Scopro lo sguardo di Piccionello fermo a due passi.

– Tanto gentile e tanto onesta pare – gli dico.

– Si vede.

– Peppe, fai il moralista?

– Devi decidere: o sei geloso o sei minchione.

– Non mettere limiti, si può essere entrambi. È arrivato il presidente della Regione; hai visto che successone?

– Non mi piace.

– Cosa non ti piace?

– Non so. Mi pare che a nessuno importi niente del povero Alù.

– È morto come ha vissuto: si circondava di gente che lo detestava.

– Tu che ne sai? Hai sempre la sentenza pronta.

– Peppe, sei entrato nella parte del vedovo.

– Lo sai che faccio? Vado a vedere il teatro greco, voglio sentire anch'io il suono delle pietre.

– Vengo con te.

Il gruppo di telecamere ondeggia. Esce dalla camera ardente di Alù il presidente della Regione, al suo fianco l'onorevole Li Vecchi fa gli onori di casa. Il presidente attende che i cronisti si plachino, poi annuncia uno stanziamento per nuovi scavi alla ricerca del teatro, in omaggio agli studi del compianto Alù. Ai giornalisti importa poco: gli chiedono qualcosa sui forestali con precedenti penali, uno scandalo sollevato tempo fa da un servizio delle «Iene».

Squilla il telefono. Papà.

– Saverio, sei ad Agrigento?

– Sì, papà.

– Stiamo partendo da Palermo con Mimì e sua moglie per venire da quelle parti.

– Visita alla Valle dei Templi?

– No, la conosco bene. Ci sono stato con tua mamma, mi ci portava ogni anno quando i mandorli erano in fiore. Le piaceva assai.

– Lo so, ricordo quando raccontava la storia del toro di Falaride.

– Aveva studiato greco, sapeva leggerlo.

– E allora cosa venite a fare?

– Andiamo a Favara. Mimì vuole vedere un posto, come si chiama, un posto moderno.

– Farm Cultural Park?

– Sì, una cosa così. Ha letto un articolo sul giornale. Riusciamo a incontrarci?

Dovrò presentare Suleima a mio padre.

– A che ora arrivate, papà?

– Verso le quattro. Prima ci fermiamo a pranzo a Lercara Friddi perché Mimì conosce una trattoria.

– Ci vediamo alle quattro.

– Era il professore? – chiede Peppe, appena chiudo la telefonata.

– Peppe, perché chiami mio padre professore?
– E perché no?
– Giusto. Sta venendo a Favara, arriva alle quattro con Mimì e sua moglie.
– Gli presenti Suleima?
– No, pensavo di nasconderla nel bagagliaio dell'auto.
– Scimunito. Un altro passo.
– Che passo?
– Un passo verso il matrimonio.
– Forse è meglio se la nascondo nel bagagliaio.

Capitolo 29

L'area del teatro greco è di fronte alla chiesa di San Nicola, basta attraversare la strada. Il custode al cancello riconosce Peppe Piccionello.

– Lei è l'amico del professor Alù. Entrate, prego.

I dipendenti della sovrintendenza regionale ai Beni Culturali sono ipersensibili agli equilibri politico-funerari: la presenza di Peppe accanto al feretro di Alù ne ha fatto un potenziale interlocutore per raccomandazioni, segnalazioni, caldeggiamenti.

– Peppe, hai chiamato la madre di Noemi? – chiedo.

– Le ho detto che ho visto i ragazzi. Ho raccontato che stanno bene, una mezza bugia. Poveracci, sono a pezzi.

Alcuni operai, i caschetti gialli ai piedi, riposano all'ombra di un mandorlo.

– Guarda chi c'è – faccio.

Rosalia Infantino, in tenuta da lavoro, pantaloni cargo con tasche laterali, scarponcini da montagna e canottiera, spolvera con un pennello un muretto dissepolto.

– Ti immaginavo alla camera ardente – faccio.

– Lui avrebbe voluto così – dice lei, senza sollevare lo sguardo dai blocchi di pietra secolari.

Ha le spalle macchiate di lentiggini, i capelli raccolti con un elastico e la voce triste.

– È questo il teatro? – chiede Peppe.

– Secondo me sì – dice Rosalia, alzando gli occhi – guarda la curva di questo muro: sembra proprio una delle gradinate. Non sappiamo ancora fino a che profondità dobbiamo scavare.

– Quanto tempo ci vorrà per saperlo?

– Mesi. Forse anni. Purtroppo Demetrio, il professor Alù, non c'è più. Lui riusciva a intuire subito le ipotesi corrette.

– Il teatro sparito. Oppure? – chiedo.

– Uno stadio, un peristilio, chissà. Anche se i resti finora corrispondono abbastanza alla descrizione di Tommaso Fazello a metà del Cinquecento.

– Il presidente della Regione ha appena detto che finanzierà gli scavi – dico.

– Tu ci credi?

– Nessuno ci crede, nemmeno lui che l'ha detto – fa Peppe.

– Appunto. Per capirlo dobbiamo scendere giù di metri e metri. Al momento stiamo solo grattando la superficie – spiega Rosalia.

I greci antichi le cose sapevano farle bene, non come i greci moderni che si sono fatti spezzare le reni dalla troika. Da quassù si vede tutta la costa, la collina dei templi, l'orizzonte marino. Non doveva essere male sedersi qui ad ascoltare un bel mattone tragico di Eschilo lungo tre ore, sgranocchiando mandorle tostate.

Rosalia solleva una pietra di tufo, i muscoli delle braccia e del petto si tendono sotto la canottiera.

– Aspetta, ti aiuto – corre in soccorso Peppe.

– No, sono abituata. È il bello del mestiere, ci si sporca – fa Rosalia.

Appoggia piano a terra il concio di tufo, si spolvera le mani sui pantaloni.

– Sembra il posto giusto per un teatro, vero? – dice.

Con un braccio indica un perimetro che riesce a vedere solo lei.

– Questa doveva essere la cavea. Lì, al centro, la skené e il proscenio. Potrebbe essere, no?

– Ritengo di sì – ammetto.

– Ho letto il tuo articolo. Hai ragione, penso che sia stato qualcuno molto vicino a lui – mi dice Rosalia.

– Sapienza?

– I destini di molti dipendevano da Alù. Sapienza da anni tentava di diventare associato, ma Alù all'ultimo momento raccomandava sempre qualcun altro.

– E Moncada?

– Furbo e abile. Alù lo ammirava, ma gli teneva il guinzaglio corto, ostacolava tutte le sue iniziative autonome. Non voleva fargli prendere il volo.

– Anche tu eri vicina a lui.

– No, non lo ero più. Lo sono stata, ma tanti anni fa. Ero una ragazzina appena uscita dal liceo – punta lo sguardo verso il mare.

Peppe mi manda un'occhiataccia sdegnata.

– Ti manipolava? – chiedo.

– Allora non hai capito. È l'unico uomo che ho veramente amato, ma lui non se l'è sentita: troppo giovane io, troppo grande lui.

– Troppo vecchio.

– No, troppo grande. Nei pensieri, nella testa, nei desideri.

Da un telefonino degli operai seduti all'ombra arriva la nenia di una canzone araba che si perde per la Valle.

Peppe mi fa cenno di smettere.

– Dicono che i siciliani sono i veri discendenti dei greci antichi – cambio discorso.

– Demetrio sì – fa Rosalia – ma tu no. Non hai il senso del tragico.

Sto per dire: per fortuna. Ma penso sia meglio tacere.

Capitolo 30

Gesù poteva benissimo nascere qui. Favara è uguale a Nazareth, dove sono stato alcuni anni fa per lavoro: gli stessi palazzi senza intonaco, le stesse parabole ai balconi, recipienti per l'acqua sui tetti, un senso di improvvisazione urbanistica ed edilizia in un paesaggio di costante emergenza. Sarebbe stato Gesù di Favara e niente sarebbe cambiato, perché Nazareth è così malgrado sia la città del figlio di Dio.

– Sembra Nazareth – dico.

– E Nazareth com'è? – fa Peppe.

– Come Favara.

– Ho capito. Non ti piace.

– A te piace, Peppe?

– No, ma mi fa stare tranquillo.

– Me lo spieghi?

– Vedi Saverio, posti così non lasciano rimpianti. Tra duemila anni, quando Favara non ci sarà più, non verranno Alù o Rosalia Infantino a scavare per cercare un tempio o un teatro.

– Certo, nessuno ha mai scritto che Favara è la più bella città dei mortali.

– Appunto. Le città sono come le persone: ci sono

quelle che scompaiono e il mondo quasi non se ne accorge. E tutti campiamo più sereni.

– Una, dieci, mille Favara per il benessere dei posteri.

– Tuo padre dove ci aspetta?

– In piazza. Dovrebbe essere qui vicino.

La piazza di Favara però è bella, semplice e rettangolare, delimitata da alberi e dalle insegne di alcuni vecchi bar. Una piazza da fotografia in bianco e nero, del genere che scattava Enzo Sellerio negli anni Sessanta.

Telefono.

– Papà, siamo appena arrivati. Voi dove siete?

– Qui.

– Qui dove?

– Davanti al bar.

– Ma quale bar?

– Il bar della piazza, non so come si chiama.

– Ho capito, papà, parcheggio e ci vediamo.

In una piazza vuota non ci si può perdere. È fatta apposta per incontrarsi.

Scendiamo dall'auto.

– Hai avvertito Suleima? – mi chiede Peppe.

– No, le faccio una sorpresa.

– Magari la sorpresa ce l'hai tu.

– Che vuoi dire?

– Io per il sì e per il no chiamerei.

Papà, Mimì e sua moglie spuntano da sotto gli alberi, ciascuno con un cannolo in mano.

– Ecco, così sembrate siciliani veri – dico a voce alta.

– Sono buonissimi, Saverio – dice mio padre.

– Ne volete uno? – fa Mimì.

– No, grazie. Non vorrei esagerare, troppa sicilitudine intossica.

– Io accetto – dice Peppe. E con Mimì tornano al bar.

La moglie di Mimì, dopo avermi baciato, mi stringe le guance tra le dita.

– Sei troppo sciupato, Saverio.

– Tu dici, zia Rosina?

L'ho sempre chiamata zia. Era una delle migliori amiche di mamma, me la ricorda nei gesti e nelle parole.

– Non ti pare sciupato? – chiede zia Rosina a mio padre.

– Sarà l'amore – fa mio padre ridendo.

Mi sale un velo di rossore: dovrei chiedere a papà il rispetto della privacy, con consenso scritto e informato.

– E smettila – gli intima con un sorriso zia Rosina – non vedi che lo imbarazzi?

– Andiamo? – dice papà, mentre Mimì e Peppe tornano dal bar spolverandosi dallo zucchero a velo dei cannoli.

– Ne hai preso un altro, vero Mimì? – fa zia Rosina. – E poi ti lamenti del diabete.

Mimì alza le braccia e scuote la testa: innocenza golosa.

Ci addentriamo tra i vicoli arabi dietro la piazza. Il paese è ancora sonnacchioso nella controra.

– Favara fu fondata dagli arabi – spiega Mimì – il nome significa sorgente, perché c'era molta acqua. Oggi è uno dei posti più assetati della Sicilia. D'estate l'acqua potabile arriva nelle case per tre, massimo quattro ore alla settimana. Pensate, in un posto che si chiama sorgente.

– Tu come lo sai? – chiede mio padre.

– Leggo, mi documento – dice Mimì. – C'era uno scrittore di Favara, si chiamava Russello, ha scritto un libro intitolato *La grande sete*. Un paesone di quarantamila abitanti, senza acqua, con migliaia di case abusive e la maggiore concentrazione in Italia di imprese edilizie.

– In una parola: mafia – dico.

– Semplifichi, Saverio. C'è la mafia, certo, da sempre. Ma c'è anche altro, ad esempio.

Dietro l'angolo di un vicolo scrostato si spalanca un paesaggio urbano che potrebbe stare a Malasaña, a Kreuzberg o nel Lower Est Side. E Favara non è più Nazareth, ma Madrid, Berlino, Manhattan.

– Siamo ai Sette Cortili. Cortili collegati come in una casbah mediorientale – prosegue Mimì, felice di avere un uditorio per sfoderare le letture compulsive che riempiono la sua insonnia. – Un notaio e sua moglie hanno comprato alcune vecchie casette cadenti e abbandonate, ne hanno fatto un museo di arte contemporanea, residenza per artisti stranieri, laboratorio artistico: Farm Cultural Park, appunto.

Al tavolino di un baretto vegan, un hipster – a Favara, mah – rolla il tabacco della sua sigaretta, indifferente alla donna in ciabatte e vestaglietta a fiori che lavora all'uncinetto su una sedia di paglia davanti alla porta di casa.

– Saverio – mi sento chiamare.

L'architetto ostrogoto, in compagnia di un uomo.

– Ti presento il notaio Andrea Bartoli – dice Teodoro – l'inventore di questo sogno.

– Non da solo, ma con mia moglie Florinda – si schermisce il notaio.

Presentazioni incrociate, strette di mano. Il notaio Bartoli viene fulminato dalla maglietta di Peppe, quella sulla Threenakria.

– È pura pop art, lo sa vero? – gli dice.

– Idea di mia nipote: è un'artista.

– Le dica di venire a trovarci. I giovani creativi sono la risorsa della nostra terra.

Sono già stanco della retorica sulla cultura che salverà il mondo: negli anni Trenta i tedeschi erano il popolo più raffinato d'Europa. Poi è andata come è andata.

– Suleima sa che sei qui? – mi chiede Teodoro.

– No, volevo farle una sorpresa.

– Sarà una bella sorpresa: soprattutto per te.

Peppe mi parla con gli occhi: che ti avevo detto?

– Chi è Suleima? Dobbiamo conoscerla? – fa a voce alta Mimì.

– Chi è? Devo conoscerla? – chiede papà.

Mi sorge il sospetto che Peppe e mio padre tramino alle mie spalle. Troppe coincidenze inspiegabili. Zia Rosina si apre nel sorriso che avrebbe messo su mia madre quando sapeva e taceva.

Il notaio Bartoli illustra installazioni, murales, progetti. Entriamo in un patio, al centro c'è una piscina rossa con una grande scritta sul fondo a caratteri maiuscoli: SUCA.

– Pop art, vero? – chiede Peppe.

– È l'opera più fotografata. Sapete che la Farm è il luogo più visitato della provincia dopo la Valle dei Templi? – fa Bartoli.

– Devo dirlo agli amici di Màkari: un bel cartellone all'ingresso del paese con un suca pop grande così. Pensa quanti turisti – ride Peppe.

– Potremmo fare un gemellaggio – conferma il notaio, che una ne fa e cento ne pensa.

Io mi guardo attorno, cerco Suleima. Ma Mimì adesso vuole parlare di Roy Lichtenstein, di Andy Warhol e di una mostra che ha visto anni fa alle Ciminiere di Catania. Si aggiunge pure Peppe che spesso si reincarna in vite precedenti mai vissute: si crede Peggy Guggenheim e racconta di quando alla Biennale di Venezia fu scambiato per un'installazione vivente mentre stavamo rischiando di ammazzare un disgraziato.

– Ti porto da Suleima – mi sussurra Teodoro.

Mi tocca pure ringraziarlo.

– Ma che lavoro state facendo? – gli chiedo.

– Non te lo dico, guarda con i tuoi occhi.

Immagino Suleima nuda, ricoperta di vernice blu, circondata da venti assatanati performer, ripresa con una vecchia cinepresa 8 millimetri per una sessione di video art.

Entriamo in uno dei cortili. Sotto una tenda berbera c'è Suleima inginocchiata. Come temevo, è attorniata da una decina di persone.

Dieci nani.

Non sono nani: sono bambini.

Suleima di spalle non si accorge del nostro arrivo. I bambini la seguono con attenzione, mentre sposta alcune scatole colorate su una specie di mappa disegnata con tratti infantili.

– È un corso di architettura per bambini – spiega Teodoro – partiamo dal progetto della loro città ideale, poi elaboriamo insieme le idee, le discutiamo e le costruiamo in miniatura.

– C'è Teodoro – dice una bambina appena ci scopre.

Viene accolto come un compagno di giochi.

A Suleima brillano gli occhi. È la prima volta che la vedo così. Si alza, viene a baciarmi.

I bambini ci guardano.

Uno di loro mi addita.

– Suleima, lui è il tuo fidanzato?

– Sì.

– Non mi piace: è brutto. Tu sei bella.

Il picciriddo ha già capito tutto. Ma per fortuna sei piccolo, piccolo, così.

Capitolo 31

Se dovessi scrivere una storia intimista di sentimenti profondi, con la sensibilità di Jane Austen o l'eleganza di Henry James, potrei tirare giù un monologo interiore di almeno quattro pagine per descrivere il tumulto e il tormento e l'ansia che mi accompagnano mentre, passo dopo passo, seguiti da una banda di dieci ragazzini urlanti, percorriamo il breve tragitto che separa il destino mio e di Suleima dall'appuntamento con la figura paterna. Potrei scrivere che la vita mi passa davanti sapendo di dover affrontare il giudizio dell'anziano genitore, al quale finora mi ero sottratto, evitando di esporre al suo sguardo indagatore – alla sua sentenza, oh sì, all'inclemente tribunale del padre adulto e severo – le donne che per certi lassi di tempo mi sono state compagne, amanti o amiche.

Ma la mia agente Valentina Alferj ha tagliato con un colpo di pennarello blu le quattro pagine che mi avrebbero ammesso nell'empireo degli scrittori raffinati e introspettivi. Fatti, solo fatti, ha detto.

– Papà, lei è Suleima.

– È più bella di quanto immaginassi – dice mio padre. Galante.

– Anche lei è molto più affascinante di Saverio – dice Suleima.

– Mi faccia una cortesia: se lo porti a Milano, perché in Sicilia perde solo tempo. Saverio è fatto così, non è colpa sua. Lo dicevo sempre a mia moglie: facciamolo nascere lontano. Ma qui, vede com'è? Il tempo non vale niente perché tutti si sentono eterni. A proposito, abbiamo tempo per un caffè?

Vanno avanti, mentre Mimì e zia Rosina mi mettono in mezzo alle loro domande: di dov'è, cosa fa, quanti anni ha, quando vi sposate?

Suleima e mio padre parlano fitto. Papà offre il meglio di sé, Suleima ride come solo lei sa fare, a tratti si volta a guardarmi. Di sicuro papà le sta raccontando di quando ero bambino, tanto per farmi passare per fesso. Perché Herr Professor Freud ha sbagliato tutto: doveva occuparsi del complesso di Laio, altro che Edipo. I padri vogliono far fuori i figli e non viceversa, soprattutto con le armi del ridicolo: mantengono piena memoria delle nostre idiozie infantili.

I ragazzini urlanti si sono dispersi per i Sette Cortili, giocano attorno a una scultura di legno che mi sembra di aver già visto all'Expo di Milano. Il nostro gruppo di famiglia si muove tra le quinte di una cittadella incongrua a Favara quanto il villaggio outlet in provincia di Enna dove, in mezzo alle stoppie ingiallite degli antichi feudi, zampillano fontane che si riflettono nelle vetrine di Gucci, Prada, Brooks Brothers, Abercombrie&Fitch. Nelle campagne di Enna è arrivata via Montenapoleone, nella casbah di Favara è arrivato il Greenwich Village.

Ma Piccionello dov'è finito? Mi guardo attorno, lo individuo circondato da un gruppetto di persone. Mi avvicino.

– A me l'arte contemporanea piace perché è come la vita. Non si capisce niente – fa Peppe.

I ragazzi annuiscono.

– Bellissima definizione arte – dice uno con forte accento tedesco e Birkenstock d'ordinanza.

– Vi ho raccontato quando stavo ammazzando uno alla Biennale di Venezia e tutti pensavano che era una performance? – prosegue Peppe.

Veramente quello ero io, ma gli concedo licenza poetica. Anche perché mi arriva un messaggio di Accursio Sabella.

– Pezzi ok. Grandi numeri. Prossime news?

Dimentico che i giornali on line mangiano notizie a ritmo serrato. Vorrei lavorare per un bimestrale, tipo «Micromega». La redazione ti chiama ad aprile per chiederti a che punto sei col testo da pubblicare a settembre. E tu dici: ho già scritto il paragrafo introduttivo.

Suleima regge bene all'interrogatorio di terzo grado di zia Rosina, mentre papà e Mimì approvano: la ragazza ha successo anche tra i diversamente giovani.

Mi apparto in un angolo, sotto la scritta «la crisi non esiste, gli unicorni esistono» (vai a convincere i cassintegrati della Fiat di Termini Imerese che ormai campano a costolette di unicorno). Chiamo. Faccio squillare a lungo.

– Randone, finalmente. Ho una notizia per te.

– Lamanna, anche io: sei uno stronzo.
– Non usare il volgare poliziottesco, non attacca.
– Per colpa del tuo articolo, i tuoi colleghi mi stanno tormentando. Ho appena cacciato via Pamela Alaimo.
– Quella con due tette così? Capisco che alla sofferenza si unisce il rimpianto.
– Lamanna, dai, non ho tempo, sto lavorando. Che vuoi?
– Ho qualcosa di utile per la tua indagine. Vengo a trovarti in ufficio, che ne dici?
– Meglio di no, qui sotto c'è la ressa dei giornalisti. Se ti vedono entrare sono rovinato.
– Hai un'idea migliore?
– Tra mezz'ora al piazzale del Caos, davanti alla casa di Pirandello. Sai dov'è?
– Pirandello era mio zio, Randone. In quella casa ho passato le migliori estati della mia vita.
– Bene. Tra mezz'ora lì. Ma Pirandello era veramente tuo parente, Lamanna?
– Certo, cugino di mio nonno.
– Sì, e Napoleone era fratello di tuo cognato.
– Bravo Randone, hai indovinato: sei uno sbirro sveglio.
– Non è colpa tua, Lamanna, sei nato stronzo. Ci vediamo al Caos.
– È proprio il caso, anzi, il caos di dirlo.

Capitolo 32

Una notte di giugno
caddi come una lucciola
sotto un pino solitario
in una campagna d'olivi saraceni
affacciata agli orli
d'un altopiano
d'argille azzurre
sul mare africano.

Rileggo per la terza volta la poesia di Luigi Pirandello incisa sulla pietra davanti alla casa dove nacque il drammaturgo agrigentino – così indicato nel Sapegno, testo sacro del mio liceo. Il sole tramonta sul mare africano, ecco chi lo diceva. Suleima nel frattempo è diventata la migliore amica di mio padre, Piccionello si è trasformato in Achille Bonito Oliva, Teodorico è un ostrogoto molto educato, zia Rosina e Mimì stanno scegliendo le bomboniere per il mio matrimonio, mentre aspetto un vicequestore di polizia davanti alla dimora natale di un premio Nobel per la letteratura, su un altopiano d'argille azzurre affacciato sulle ciminiere della centrale elettrica di Porto Empedocle.

A volte finisco per sentirmi un personaggio letterario. Forse è il problema della Sicilia: se perfino il venditore di origano può credersi pirandelliano o brancatiano. Pensate come può sentirsi uno come me, siano stati i libri o tutto quanto il resto: a Bergamo o a Melzo un poliziotto mi darebbe appuntamento nel parcheggio della Conad, ma ad Agrigento sceglie il Caos.

Guardo la casa con le bougainvillee arrampicate alla scaletta esterna. Com'era qui il 28 giugno 1867? Immagino vigne basse, stoppie gialle, viottoli polverosi e caldo, tanto caldo. C'era il colera, perciò la famiglia Pirandello si spostò in campagna, per allontanarsi da Porto Empedocle. Ma la casa dove nacque Luigino ricadeva nel Comune di Girgenti. Per un banale gioco di confini, il premio Nobel così toccò agli agrigentini e non agli empedoclini. Decenni dopo, sotto un monumento a Pirandello, Porto Empedocle rivendicò di essere la «seconda città natale» dello scrittore. Perché forse non si può morire due volte, ma due volte si può nascere. Da queste parti funziona così.

– Ti piacerebbe diventare come lui?

Non ho sentito arrivare Randone. È seguito dall'ispettore che voleva arrestarmi.

– Conosci l'ispettore Miceli, vero? – fa Randone.

– Come no, mi è stato subito simpatico.

Miceli annuisce ingrugnito al mio sorriso.

– Dai, facciamo due passi – dice Randone.

Il piazzale è deserto, in fondo alcuni ragazzini in bici provano ad alzarsi su una ruota.

– Lamanna, che notizie porti?

– Esiste un testimone.

– E chi è?

– Non lo so. Ma qualcuno ha visto. E ha mandato un messaggio anonimo. Ma non so a chi.

– Come fai a saperlo?

– Lo so.

– Raccontami tutto bene.

Riassumo la questione del messaggio, consegno il foglio sputato dal computer.

– Adesso faccio controllare il computer – dice Randone – ma tanto non verrà fuori niente, è aperto a tutti i clienti. Però forse questa cosa può smuovere le acque.

– Brancoli nel buio, vero? – dico.

– Sto verificando tutte le ipotesi investigative.

– Ho capito: brancoli nel buio.

– Lamanna, sono nei guai. Il questore vuole risultati, la visita del presidente della Regione lo ha agitato. La notizia dell'omicidio è finita pure tra i titoli del Tg1. Dal ministero gli rompono le palle e lui le rompe a me.

– È la catena alimentare.

– Lo sai come sono al Viminale, sensibili ai telegiornali. Se non porto subito risultati, mi mandano direttamente a Lampedusa.

– La signora Curtopelle in Randone è quasi una vedova bianca.

– Sfotti. Era appena rientrata a Palermo e m'hanno spedito nella terra degli infedeli.

– Ti compiango, Randone. Tutto solo, alla periferia dell'impero, oscuro oggetto del desiderio di Pamela, minne e news. Come pensi di smuovere le acque?

– Non so. Ragioniamo: Moncada, Infantino e Sapienza, tutti e tre sospettabili, tutti e tre con un movente e senza movente, tutti e tre con un alibi e senz'alibi. Pensavo che il tuo articolo di stamattina avrebbe provocato reazioni, ma niente: fermi e immobili. Forse sono troppo furbi.

– O troppo innocenti, ti viene mai il dubbio?

– Non me lo posso permettere. Facciamo un altro tentativo: scrivi la storia del messaggio anonimo. E vediamo che succede.

– Randone, mi piaci quando tenti di fare buchi nell'acqua.

– In mancanza di meglio ogni fegatello di mosca fa sostanza.

Dai rami dei pini mediterranei mi sembra di veder cadere una lucciola. Luigino torna a nascere per la terza volta in fondo all'Italia.

Capitolo 33

Nel parcheggio dell'hotel riconosco la BMW di Mimì. Sono ancora qui.

Squilla il telefono.

– Sì, papà?

– Dai, Saverio, quando arrivi?

– Ma dove?

– Siamo nel tuo hotel. Ceniamo tutti assieme.

– Mi fa piacere. Salutami la compagnia.

– Aspettiamo te. Non possiamo fare tardi, stanotte torniamo a Palermo.

– Cominciate senza di me, tanto siete tra amici.

– Quanto sei noioso, Saverio. Ti passo Suleima.

La sua voce.

– Saverio, dove sei?

– A Milano, in piazza Cordusio.

– Non dire fesserie. Vieni subito. Ti aspettiamo.

– Ma siete già felici così, non vorrei guastare la festa.

– Saverio, quanto sei noioso. Ti passo Mimì.

Ecco Mimì.

– Dai Saverio, fai presto. Sai che Rosina si agita se viaggiamo di notte.

– Capisco, con tutti i briganti che girano.

– Quanto sei noioso, Saverio. Ti passo Peppe Piccionello.

– No, Peppe me lo risparmio. Come se avessi accettato. Ciao.

Cosa faccio? Quasi quasi riprendo l'auto e vado a mangiare un doppio cheeseburger al McDonald's di Villaggio Mosè. Al centro del parcheggio dell'hotel mi sembra di sentire la risata di Suleima proveniente dalla terrazza affacciata sul Tempio della Concordia. La family's reunion è oltre le mie capacità. E poi non c'è mamma, forse dovrei aspettarla all'ingresso e fare l'entrata trionfale con lei sottobraccio. Cerco alibi, lo so. Temo le prove generali di ricevimento nuziale.

Lampeggiano i fari di un'auto ferma nella parte più buia del parcheggio. Mi avvicino, intravedo un'ombra al posto di guida. Il motore dell'auto sale su di giri. Altro lampeggio. Mentre avanzo ho un pensiero assurdo: ora l'uomo nell'ombra mi spara con una calibro 38. Non so perché, ma sempre in Sicilia temo che si possa finire in questo modo, magari senza una ragione precisa. Immagino il titolo del «Giornale di Sicilia»: «Cronista ucciso per le sue indagini». E due giorni dopo: «Cronista ucciso, si indaga sulla sua vita privata».

Squilla il mio telefono. Numero anonimo.

– Lamanna, sono nell'auto che lampeggia, non si avvicini – dice una voce maschile.

– Chi è?

– Resti lì. È per la sua sicurezza, meglio che non mi veda in faccia.

– Ma che succede?

– Niente, i suoi amici sono al ristorante dell'hotel. Stanno cenando. C'è anche la sua fidanzata. Tutto sotto controllo.

– Ma lei chi è?

– Miceli, reparto scorte, ci siamo visti l'altra sera alle Dune. Cannizzaro le manda a dire se potete vedervi a mezzanotte.

– Dove?

– Al piazzale del Caos. Lo conosce?

– Sì, lo conosco.

– Cannizzaro le ricorda di portare con voi il denaro.

– Noi consegniamo solo a Simone e Noemi.

– Riferirò. A più tardi.

– Aspetti, ha detto Miceli? Ma non ci siamo incontrati poco fa con Randone?

– No.

– Lei ha un parente in polizia?

– No, ma in Sicilia i Miceli siamo tanti. A dopo.

E chiude.

Ha ragione, i Miceli sono tanti, anche un mio compagno di liceo si chiamava così. Però se scrivo questa storia dovrò cambiare i cognomi, nei romanzi non esistono omonimie, dicono che confondono i lettori.

L'auto esce dal parcheggio a fari spenti, non riesco a vedere il volto dell'uomo che mi ha appena chiamato.

Mi resta addosso la sensazione vischiosa di essere spiato. Penso a come devono sentirsi Noemi e Simone Cannizzaro, giorno dopo giorno sotto tutela, sorvegliati perfino nei movimenti.

Adesso viene la parte più difficile. Entro nell'hotel, mi dirigo in terrazza. Il tavolo è già apparecchiato. Manca solo lo sposo. Mi avvicino con l'entusiasmo di Luigi XVI nella mattina del 21 gennaio 1793, mentre saliva sul patibolo in place de la Concorde.

Capitolo 34

Il giardino dell'hotel profuma di gelsomino. Mimì, zia Rosina e papà sono ripartiti per Palermo. La cena è stata dominata da Mimì che ha corteggiato spudoratamente Suleima cercando di spiegarle perché non potrò mai diventare Ennio Flaiano, essendo geneticamente sprovvisto della vena di amarezza e inappagamento invece propria dello scrittore pescarese. Solo una mala pedata di zia Rosina lo ha rimesso a posto, sottolineata dalle risate di mio padre che per il resto della serata gli ha rinfacciato la malinconia del satiro, titolo che Mimì aveva sciorinato tanto per pavoneggiarsi.

La piscina dell'albergo risplende chiara nella notte tra palme e cycas. Suleima, stesa su un lettino, muove lenta le gambe, a piedi scalzi.

– Questo è il paradiso terrestre – dice, gli occhi al cielo stellato.

– La Sicilia è così: troppi paradisi. Alla lunga annoiano. È il motivo per cui preferiamo vivere all'inferno.

– Saverio, mi piace la tua vena di amarezza e inappagamento.

– Non straparlare come Mimì.

– È simpatico, un po' troppo esuberante. Tuo padre fantastico, mi piace. Parla poco, ascolta e dice sempre cose intelligenti.

– Ha preso tutto da me.

– Adoro la tua modestia.

– Grazie. Mi fai un po' di posto?

Siedo sul bordo del lettino, una mano sulla pelle liscia della gamba di Suleima.

– Vieni, Saverio, sdraiati accanto a me.

– Ora ti canto *Sapore di sale.*

– No. Baciami.

Stiamo per raccogliere il frutto proibito dell'Eden, quando un calpestio sull'erba ci ferma dal compiere il peccato capitale. Sarà un dio più lungimirante e generoso di quello biblico?

– Abbiamo interrotto qualcosa? – dice Peppe Piccionello. È con l'ostrogoto civilizzato.

– Un'emozione. Ti basta? – faccio.

– Vabbè, ce ne andiamo.

– Ormai restate. L'attimo fuggente è sfuggito.

– Però abbiamo portato un catarratto gelato e bicchieri – dice Teodoro, mostrando una bottiglia di vino in una mano e i calici nell'altra.

I barbari sono educatissimi appena si stancano di saccheggiare i territori altrui.

– Si brinda a qualcosa? – chiedo con apprensione.

– Mi sembra chiaro. Al vostro fidanzamento ufficiale – fa Peppe.

– Sta per arrivarmi un'emicrania a grappolo. Corro alla guardia medica – dico.

– Resta, Saverio – dice Teodoro – si festeggia il fatto che la nostra scuola di architettura per bambini ha avuto grande successo. E faremo altri corsi anche nei prossimi mesi. Grazie a Suleima.

E le offre il primo bicchiere di vino. Suleima scuote la testa, i capelli davanti agli occhi per nascondere un po' di imbarazzo. Ora la rapisco e me la porto via.

– Questo vuol dire che Suleima verrà molto più spesso in Sicilia – mi dice Teodoro.

– È una buona notizia? – scherzo.

Suleima mi dà un pugno sulla spalla.

– Ottima. Perché sarà responsabile del progetto e verrà da sola, senza di me – dice l'ostrogoto, porgendomi il calice.

Brutto barbaro civilizzato, allora avevi capito perché mi stavi antipatico? Lo penso, però non lo dico.

Dolce e chiara è la notte e senza vento e il catarratto scende giù freddo: tutto è pace e silenzio. La gamba di Suleima contro la mia; sarà questa la perfezione?

– Ma per questo lavoro vi pagano, almeno? – chiedo, tanto per incrinare il silenzio della Valle, per dare un suono di voce che vada a perdersi tra le colonne di tufo del tempio dorico. Tanto per dire qualcosa, insomma, ché il presente non diventi banale nella sua momentanea silenziosa bellezza.

– Saverio, sono di Milano. Non lavorano a perdere – dice Picciónello.

– Il nostro studio – spiega Teodoro – sta investendo una parte dei guadagni, diciamo pro bono. E poi c'è un piccolo finanziamento della Triennale e qualcosa mette anche la facoltà di architettura del Politecnico. Certo, non siamo mister Hoover.

– Chi è mister Hoover? – chiede Suleima.

– Il nostro amico Moncada. Lo chiamano così nell'ambiente universitario, perché è capace di aspirare tutti i finanziamenti possibili, pubblici e privati – spiega Teodoro.

– E come fa? – dico.

– Relazioni, amicizie, prestigio. Per anni ha sfruttato il nome di Alù che era famoso in tutto il mondo. Moncada presentava i progetti e Alù garantiva con la sua autorità accademica. Ci vuole abilità – fa Teodoro.

– Infatti. C'era un assessore provinciale abilissimo a prendere il tre per cento su tutti gli appalti. Una volta però prese solo il due per cento, fu considerato un benefattore – dice Peppe.

– E perché prese il due? – chiede Suleima.

– Era l'appalto per l'istituto dei sordomuti.

– Che animo gentile – commento.

– Disse: sono sordomuti, ma non sono ciechi, non si sa mai.

– Non credo che ad Alù importassero i soldi – dice Teodoro – gli interessava molto di più il potere. Per Moncada non potrei dire lo stesso.

Hai capito l'ostrogoto: è pure ironico. Vuoi vedere che i milanesi sono quasi come noi? Secoli di luoghi comuni si sgretolano in Sicilia: è vero, di tutto facciamo rovine. E sulle macerie costruiamo inganni, misteri e paradossi.

– Che ore sono? – chiedo d'improvviso.

– Le undici e mezzo – dice Suleima.

– Devo telefonare.

– Ancora con l'amante di mezzanotte? Poverina. Tu le donne non le fai dormire mai – dice Suleima.

Mi allontano verso la parte opposta della piscina.

Chiamo.

– Randone, dormivi?

– Lamanna, la polizia non dorme mai. Ma come ti viene in mente di chiamare a mezzanotte?

– Quanti Miceli ci sono alla questura di Agrigento?

– Uno soltanto, che io sappia. E quanti cornuti ci sono ancora svegli ad Agrigento, oltre a te?

– Tu. Buonanotte Randone. Domani leggimi.

Mando un messaggio a Filippo Cannizzaro.

– Stanotte impossibile vederci. Problemi personali. Domani: stessa ora, stesso posto.

Capitolo 35

È girato il vento. Dal mare risalgono nuvoloni carichi di lampi. Domani il professor Alù sarà sepolto nel cimitero del suo paese sulle Madonie. Dopodomani Suleima riparte per Milano. Tutti vanno via da qualche altra parte, solo io rimango a guardia della Sicilia. L'isola dei record inutili: la regione più grande d'Italia con il capoluogo di provincia più alto, l'isola più vasta del Mediterraneo con il vulcano più alto d'Europa, con il tasso di occupazione più basso dell'eurozona e il reddito pro capite più misero.

– Che te ne frega, vero? – dico al Tempio della Concordia.

Appoggiato allo stipite del balcone, affacciato alla notte, ascolto il tango struggente dei Gotan Project proposto da Spotify.

Se fossi un risolutore spregiudicato di intrighi polizieschi dovrei stampare tre fogli di carta con una scritta in Arial Black, fissare luogo e ora, infilarli sotto le porte delle camere di Sapienza, Infantino e Moncada e aspettare. Un appuntamento al buio davanti al Tempio di Giunone dove regolare i conti come avrebbe fatto un Achille, un Ettore, un Esseneto qualunque.

Ma i maestri di queste contrade approverebbero? Già vedo Eschilo, Sofocle ed Euripide che scuotono teste e barbe: eh no, ragazzo, così non va, troppo facile. E il fato? E gli aurispici? E gli dèi? Il coro alza la sua voce unanime al ritmo di *Amor porteño* per redarguirmi a passo di tango.

È onorevole disegno
voler restituire giustizia agli uomini,
ma per giungere a codesto fine
non necessita far ricorso a mezzi meschini;
sii cauto o Lamanna,
l'ira degli dèi davanti alle furbizie
di noi esseri effimeri
finisce per produrre
ulteriori e maggiori rovine alla città
di cui vittime sono i rei quanto gli innocenti.

– Cosa sussurri? – chiede Suleima con una mano sulla mia spalla.

– Pregavo.

– Pregavi?

– Sì, in greco antico. Lo faccio sempre quando ho le idee confuse.

– Perché sei confuso? – mi scompiglia i capelli.

– Ho bisogno di un deus ex machina, anche usato. Ma non ne fanno più.

– Saverio, non ti preoccupare.

– Mi vedi preoccupato?

– Terrorizzato, direi.

– Dimmi la verità, Suleima: pensi che dovrei sposarti o qualcosa di simile?

– Cosa intendi per qualcosa di simile?

– Chessò. Concubinaggio, convivenza more uxorio o giacere peccaminosamente nello stesso letto.

– Mi convince di più l'ultima che hai detto.

Sale a piedi scalzi sul letto, dentro la sua sottoveste che è un'istigazione.

– Dai, Ulisse, vieni a riconoscere il tuo talamo.

Mi piace l'amore attico e superattico.

Le foglie degli ulivi e dei mandorli sono spazzate da una pioggia ventosa.

Ora Suleima dorme a pancia in giù, il broncio da ragazzina ribelle sul cuscino.

I lampi illuminano il soffitto della camera, i tuoni rimbombano per la Valle. Gli dèi vogliono dire qualcosa che, al solito, noi umani non riusciamo a comprendere.

Non riesco a prendere sonno. Mi rivesto senza far rumore.

– Dove vai? – mormora Suleima.

– A scegliere le bomboniere.

– Stupido.

Nella hall tre tedeschi bevono birre in silenzio.

Ora butto giù il pezzo di domani per «LiveSicilia», magari a grandi linee.

Il computer dell'albergo è bloccato da una password che non ricordo più.

Al banco della reception non c'è nessuno. Cerco dalle parti del bar: niente.

Fuori piove piano, residui del temporale.

Dietro la palma mi sembra di vedere la ragazza della reception, l'olandese girgentana. Mi avvicino, riparato dalla pensilina dell'ingresso. Sento la voce della ragazza e di un giovane. Parlano in dialetto, ma ho una certa dimestichezza per le lingue, anche per gli idiomi delle plaghe centromeridionali dell'isola.

– Scrivici ca l'avemu nuatri – dice la voce maschile.

Traduco: scrivigli che lo abbiamo noi.

– Lassamu stari, nun arricampamu nenti – dice lei.

Lasciamo stare, non ricaviamo nulla.

– Lassa fari a mia. Tu scrivici soccu ti dissi iu.

Lascia fare a me. Tu scrivi quel che ti ho detto.

– Sì tistuni. Accussì ni cunzumamu – dice lei.

Sei testardo. Così ci roviniamo.

Faccio un passo, smuovo la ghiaietta, il rumore svela la mia presenza.

– Prego? – dice la ragazza, accorgendosi di me.

– Scusi signorina, mi servirebbe la password del computer.

– Certo, un attimo che rientro.

Lo scarto del giovane dietro la palma lo pone sotto la luce. È il mohicano incontrato alla cerimonia funebre per Alù, il suo taglio lo rende inconfondibile. Ha un ombrello in mano avvolto nel sacchetto di plastica antisgocciolo col nome dell'hotel che non apre pure se continua a piovere leggermente.

Mi fissa negli occhi. Poi si dilegua nell'oscurità, sotto la pioggia e con l'ombrello ancora chiuso.

Rientro nella hall. I tre tedeschi ridono quieti, imbolsiti di birra. La ragazza si risistema dietro il bancone, i capelli biondi imperlati di pioggia, macchie bagnate sulla camicetta bianca.

– Ecco la password – mi dice, porgendomi un talloncino plastificato.

Le trema la mano.

– È il suo fidanzato?

– Cu? – il dialetto rivela un certo nervosismo.

– Il ragazzo. Lo conosco.

– Un amico.

– Come si chiama?

Indugia.

– Giovanni.

Mente.

– Non il suo amico. Lei come si chiama?

– Ylenia.

– Bel nome. Con la i o con la ipsilon?

– Con la ipsilon.

Ma dove bisognerà andare per trovare una Calogera, una Gerlanda, una Rosalia?

Mi metto al computer, sento i suoi occhi addosso. È agitata. Ha una frenetica attività di messaggi su WhatsApp. Sembra sul punto di piangere. Non riesco a scrivere, sono troppo concentrato sul suo patema.

– Ylenia, guardi che le cose passano, prima o poi – le dico col tono dello zio che conosce i mali della vita.

Mi guarda come se fossi appena sbarcato dall'astronave di Spielberg.

– Che ne sa lei? – mi chiede.

– Ha ragione. Non ne so niente.

– Appunto, si facissi i fatti suoi.

– Mi pagano per farmi i fatti degli altri.

Forse non ci aveva mai pensato. Mi sembra un po' perplessa, ma almeno smette di piagnucolare e assume un'aria un po' offesa.

Ricomincio a scrivere. Domani mattina qualcuno avrà un risveglio inaspettato. Bisognerà alzarsi presto per studiare bene le facce e le reazioni.

Capitolo 36

Buenas días.

La sveglia ha la petulanza di Teresita.

Es la mañana llena de tempestad.

Dalle imposte socchiuse piove la luce di un giorno nitido.

Es la mañana llena de tempestad.

È proprio Teresita. Avevo puntato la sveglia alle sette e quarantacinque. Per un impenetrabile mistero algoritmico Teresita si è assunta l'incarico di darmi il buongiorno.

Es la mañana llena de tempestad.

– Ho capito. La mattina è piena di tempesta. Ma c'è il sole.

– L'ammazzi tu o ti ammazzo io? – bofonchia Suleima con un occhio aperto.

Provo a spegnere l'app di Teresita, ma il telefono si impalla.

Por la mañana, que nos depara la ilusión de un principio.

– Falla tacere – dice Suleima, la testa ficcata sotto il cuscino.

– Non ci riesco.

– Siamo in troppi. O lei o io – e Suleima va a chiudersi in bagno. – Quando esco non voglio ritrovarla.

Por la mañana, que nos depara la ilusión de un principio.

– Lo so Teresita, hai un animo poetico. Ma è troppo presto per avere l'illusione di un principio.

Spengo tutto. Riaccendo il telefono: l'app di Teresita mi osserva dal display con un certo risentimento. Mancano dieci minuti alle otto.

– Se ne è andata? – fa Suleima, tornando a letto.

– Non è cattiva.

– È molesta.

Il piede di Suleima esce da sotto il lenzuolo. Lo acchiappo, risalgo per il polpaccio, arrivo al ginocchio e finisco nella trappola che cercavo.

Dopo la doccia sono pronto per la mattina piena di tempesta, illusione di un principio.

Busso alla camera di Piccionello, so che si sveglia presto. Infatti è già pronto.

– Sei malato? – mi chiede.

– No, perché?

– A quest'ora? Cos'è successo?

– Ancora niente, ma succederà. Hanno appena pubblicato il mio articolo. Leggi.

– No, riassumi a parole.

– Racconto la storia del messaggio anonimo. A chi è rivolto? Chi lo ha scritto? E perché?

– E dai anche le risposte o fai solo le domande?

– Sono cronista, mica filosofo. Faccio domande.

– Vabbè, così sono bravi tutti.

– Peppe, è uno sfunnapiedi.

– Che vuol dire?
– Non hai mai letto Camilleri?
– No, ma l'ho visto in tv.
– Una trappola, un trabocchetto. Vediamo adesso che succede. Randone sa tutto, spera così di smuovere le acque.
– A posto siamo, Saverio. Se la polizia si rivolge a te, significa che non ha idea da dove cominciare.
– Grazie, so che mi hai sempre stimato.
– Non la prendere sul personale. È il sistema paese che non funziona.
– Dove l'hai sentita?
– L'altra sera dalla Gruber.
– È ora di scendere giù. Cambiati la maglietta.
– Non ti piace?
Sul petto ha una scritta rossa: «Tarocco. La Sicilia fa buon sangue».
– Potrebbe suonare inopportuna – dico.
Sceglie tra la sua collezione di t-shirt. Ne tira fuori una ancora sigillata nel cellophane.
– Questa va meglio?
«New Old Sicily, l'antico è sempre moderno».
Approvo con la testa.
Scendiamo al piano terra, la colazione è servita in terrazza. Peppe requisisce una fetta di cassata al forno, due cornetti con crema e mezzo vasetto di marmellata di arance amare.
Non c'è ancora nessuno. Recupero il «Giornale di Sicilia», «La Sicilia» e il «Corsera», omaggio per i clienti dell'hotel.

– Leggi – dico a Peppe.
– So già tutto. Ho visto la rassegna stampa del Tg5.
– Allora fai finta.
I giornali siciliani offrono l'album delle solite opere pubbliche incompiute, l'indagine su una ragazza morta in ospedale a Catania per un'appendicite, una serie di foto di delinquenti con belle facce da delinquenti, i sussulti della maggioranza alla Regione, un professore di economia spiega perché la Sicilia potrebbe essere la California d'Europa, ma non lo sarà mai. Il «Corsera» vola alto sulla crisi della sinistra, la crisi della destra, la crisi del populismo e la crisi della coppia Clooney-Alamuddin (ma stavolta con tanto di punto interrogativo per scrupolo di cronaca: quando si parla di cose serie meglio essere prudenti).
– C'è Rosalia – dice Peppe da dietro le pagine del «Corriere della Sera».
– Già vista.
Passa davanti al nostro tavolo, abbassa gli occhiali da sole.
– Inventi storie per far saltare i nervi a qualcuno? – mi chiede.
Peppe si alza per salutare, ma Rosalia Infantino non lo degna di uno sguardo. Stamattina ha occhi solo per me: duri e sprezzanti.
– Giochi con la vita della gente – aggiunge.
– Sempre meglio che giocare con la morte. Che ne dici? – rispondo, sollevando la testa dalla pagina dei necrologi del «Giornale di Sicilia».
– Sei proprio come sembri.

Non chiedo cosa sembro, temo di intuirlo.

– Sono fatto così. Ma scrivo le cose che so. La fiction solo nei romanzi.

Rosalia non risponde, prosegue dritta verso il banco del buffet ad annegare il suo disprezzo in un bicchiere di succo di pompelmo rosa.

– Troppo indignata – dico – forse è una messinscena.

– Non credo, sembra sincera – fa Peppe.

– Tu non sai niente delle donne, ci cadi sempre.

– Io non ci sono mai caduto.

– No, una volta ci sei cascato: Marisa di Milano. E ci sei pure ricascato.

– Lasciami stare, sto leggendo un articolo di Massimo Gramellini.

– Bravo, così impari a vivere.

Sapienza spunta nella sala con l'espressione dell'animale braccato. Ci vede, si irrigidisce. Poi si accosta cauto al nostro tavolo.

– Terribile – mormora.

– Non ho sentito. Cosa dici? – gli chiedo.

– Ho letto il tuo articolo. Terribile. Ma che storia è?

– Vorrei capirlo.

– Chi ha scritto il messaggio anonimo?

– Forse qualcuno che ha assistito al delitto o che sospetta.

– E perché non va alla polizia?

– Forse ha altre intenzioni.

– Che intenzioni?

– Non so, magari tenta un ricatto.

– Mi fa male la testa. Ho i conati di vomito.

– Sei troppo sensibile – gli dice Peppe, addolcito dalla prosa di Gramellini.

– È vero – risponde Sapienza – quanto invidio Rosalia, quella è fatta di ferro. Ha una corazza sul cuore.

– Pensa soltanto che l'assassino è fra di noi, forse in questa sala – dico, tanto per forzare la sua sensibilità.

– Non dire così. Mi fa troppa impressione.

– Bisogna abituarsi, Sapienza. È un mondo difficile.

– È un mondo crudele.

– Giusto: difficile e crudele.

– Prendi la cassata al forno: è buonissima – fa Piccionello.

– Oddio, devo vomitare. Torno in camera.

Lo seguiamo con lo sguardo fin quando imbocca le scale.

– Che ne dici? – chiedo a Peppe.

– Non ha lo stomaco per fare un omicidio.

– Non ha lo stomaco per digerirlo.

– E se fosse stata questa? Guarda, ha l'aspetto fatale – fa Peppe, con un'occhiata verso l'ingresso della sala.

– Ma sei cretino? È Suleima.

Il cretino ridacchia.

– Allora, voi due cosa confabulate? – chiede Suleima.

– Siamo impegnati in un'indagine psicologica – dico.

– Quindi non capite niente di niente.

– Perché? – chiedo.

– Perché siete uomini, non potete avere la raffinatezza psicologica femminile.

– Suleima ha ragione – dice Peppe.

– Infatti Maigret non capiva niente, risolveva tutto sua moglie mentre riscaldava la minestra – dico.

– Che c'entrano i libri? Questa è la vita vera – spiega Suleima, dopo aver rubato un cornetto al pistacchio dal piatto di Piccionello.

– Ragione ha Suleima – fa Peppe.

– Abbiamo capito. Vuoi ripeterlo un'altra volta? – dico.

– Sì. Suleima ha ragione.

– Hai ragione, Suleima. Ci arrangiamo con le scarse risorse fornite dalla natura. Feci quod potui, faciant meliora potentes.

– Perché parli straniero? – chiede Peppe.

– È latino, ignorante.

– Sei sempre supponente – mi rimprovera Suleima – nemmeno io so il latino: dunque sono ignorante.

L'arrivo di Teodoro mi salva.

– Non sono mai stato così felice di vederti – gli dico.

– E tra poco lo sarai ancora di più. Ho notizie per te.

– Ti ricordi – chiedo a Suleima – quando volevo ammazzarlo?

– Ma veramente? – ride Teodoro.

– Proprio morto non credo – gli fa Peppe – però aveva progettato per te un'invalidità permanente.

Capitolo 37

– Allora, rispiegalo meglio – dico a Teodoro.

– Da capo?

– Sì, Teodoro. Da capo.

– Come ti dicevo, Moncada è un professionista nell'accaparramento di finanziamenti per le ricerche archeologiche.

– Lo avevi già detto – faccio.

– Sei un po' intronato stamattina – dice Peppe, sorbendo un caffè americano.

– Smettila di succhiare brodaglia e fammi ascoltare. Le mie cellule grigie sono al lavoro – dico.

– Attenzione, il cervello di Lamanna è in funzione. Ora può succedere di tutto – commenta Suleima.

– Mi piaci perché apprezzi le mie virtù intellettuali – le dico. – Dai, Teodoro, non farti impressionare. Vai avanti.

– A un certo punto mi sono chiesto che ci facesse Moncada ad Agrigento, anche perché l'uomo non si sposta mai a vuoto. Così ho fatto un po' di ricerche su internet.

– E cosa hai trovato? – insisto.

– A Toronto c'è una fondazione italo-canadese che, non so per quale motivo, ha un sacco di soldi che destina a ricerche archeologiche in Grecia e nella Magna Grecia.

– E siamo in Magna Grecia, non c'è dubbio – dico.

– Non siamo in Magna Grecia. I sicelioti erano greci a tutti gli effetti – precisa Suleima.

– Vabbè, tanto sono tutti stramorti. Teodoro, vai avanti: Moncada come hai detto che c'entra? – chiedo.

– Ha presentato un progetto di scavi e di ricerche. Sul sito c'è solo il titolo: «Research plan for the discovery of the ancient theater of Akragas». Il progetto di Moncada è uno dei tre finalisti. Alla fine del mese sarà annunciato il vincitore.

– E cosa vince? – chiede Peppe.

– Due milioni di dollari – dice Teodoro.

– Minchia – fa Peppe.

– Non dire minchia ché poi non ti posso mettere nei miei libri – gli dico.

– Perché? – fa Piccionello.

– Perché sembri un siciliano che fa il siciliano. Teodoro, ma come c'entra questa cosa con Alù?

– Non lo so. L'intelligentone sei tu, Saverio.

– Bisognerebbe capire se Alù, come al solito, ha garantito per il progetto di Moncada – rifletto.

– E anche se fosse? Cosa dimostra? Niente. Anzi, Moncada era il più interessato ad augurare lunga vita ad Alù – interviene Suleima.

– È vero. Rosalia Infantino ci ha raccontato che Moncada era avvinto come l'edera ad Alù – dico.

– Però chiedere informazioni non costa niente – dice Suleima.

– A chi chiediamo? A Moncada?

– No, alla fondazione. Sono canadesi, brava gente, gentili come molti americani. Forse se mandiamo una mail ci rispondono – spiega Suleima.

– È proprio un altro mondo – fa Peppe.

– Che ne sai tu? Non sai manco cos'è una mail – gli dico.

– Io no. Ma mia nipote ripete sempre che in Italia non ti calcolano, mentre all'estero rispondono tutti – si lamenta Piccionello.

– È vero. Ma vuoi mettere come si mangia bene in Italia?

– Saverio, ma che c'entra? – chiede Suleima.

– Niente, ma mi piaceva inanellare un altro luogo comune. Per non perdere l'abitudine.

– Sei sempre il solito – conclude Peppe.

– Vabbè, noi dobbiamo andare a Favara. Oggi è l'ultimo giorno. Più tardi c'è una festa di saluto alla Farm: venite anche voi? – Teodoro si rivolge a me e Piccionello.

– Non so. Suleima, ricordati di mandare la mail. E speriamo che i canadesi siano gentili e un po' fessi.

– Tu invece sei scortese – mi dice Peppe.

– Infatti sono siciliano. Siamo la terra dell'accoglienza, ma solo perché non ci conoscono bene. Ma adesso è il momento di sfrucugliare Moncada.

Capitolo 38

Vado alla reception.

– Moncada è in albergo? – chiedo.

Il portiere controlla sul computer.

– Credo sia in camera. Lo chiamo?

– No, lasci stare.

– Posso fare altro, dottor Lamanna?

– Sì, non mi chiami dottore. Ieri notte ho prestato un ombrello al fidanzato della sua collega Ylenia. Sa dove posso trovarlo?

– Parla di Lillo?

– Non so il nome.

– Quello con i capelli strani?

– Esatto.

– Si chiama Calogero, ma tutti lo chiamano Lillo.

Finalmente uno con un nome normale.

– Proprio lui. Nella fretta non ho preso il suo numero di telefono.

– È il figlio di uno dei contadini della Kolymbetra. Aiuta spesso suo padre. È un bravo ragazzo, anche se ha i capelli così.

Il portiere è calvo a tutto tondo, capisco che i capelli di Lillo rappresentano un cruccio.

– Chi è Lillo? – mi fa Piccionello, appena ci allontaniamo dal bancone.

Dall'ascensore esce Moncada. Si porta dietro i bagagli.

– Ciao, stai partendo? – gli chiedo.

– Sì, devo tornare a Catania.

– Prendi un caffè? – dico.

– Sarei un po' di fretta.

– Un caffè, per salutarci.

– Va bene, il tempo di lasciare i bagagli in portineria.

– Ti diamo una mano.

– No, aspettatemi al bar. Faccio in un momento.

Moncada si ripresenta con un sorriso stampato. Troppo stampato.

– Allora, come va Saverio? – mi chiede.

– Bene, mi hai letto?

– Non ho avuto tempo. Una mattinata di telefonate di lavoro. Cosa hai scritto?

– Qualcuno manda lettere minatorie. Chissà chi le scrive. E chissà chi le riceve. Tutto avviene dentro quest'hotel – fa Piccionello.

– Incredibile – dice Moncada.

– Invece è credibile.

– E cosa c'è scritto nelle lettere?

– Chi scrive dice che conosce l'assassino di Alù – spiego.

– Un ricatto? – fa lui.

– Probabilmente.

– C'è sempre chi specula sulla morte.

Parla per frasi fatte, come uno che commenta un fatto visto alla tv. Ma se ne rende conto.

– Per trovare chi ha ucciso Alù bisogna scavare nelle passioni più oscure, a volte l'amore può trasformarsi in odio.

– Moncada, stai parlando di Rosalia? O di Sapienza?

– Di nessuno. Credimi, Saverio, voglio solo andare via da Agrigento.

– Immagino.

È arrivato il cameriere con i caffè. Beviamo in silenzio.

– Vabbè, io devo scappare. Mi ha fatto piacere conoscerti, Lamanna – e Moncada si alza di scatto.

– Anche a me.

Piccionello lo scruta in silenzio.

– E in bocca al lupo – lo saluto mentre sta per andare via.

– Per cosa? – chiede Moncada.

– Per tutto. Per il lavoro, per il Canada, per la vita in genere.

– Che c'entra il Canada?

– È un modo di dire.

Mi fissa negli occhi. In una maniera che non mi piace.

Capitolo 39

– Saverio, però stasera incontriamo Noemi e Simone. Non trovare scuse come ieri che hai rinviato tutto.

– Ti spiego dopo, Peppe. Ora dobbiamo rintracciare Lillo.

– Mia comare Lina è agitatissima, poveraccia, ha capito che le cose per i due ragazzi sono messe molto male.

– Dille che è tutto a posto.

– La chiamo quando tutto è veramente a posto.

– Bravo Peppe: più che realista, sei neorealista.

– Non so che vuoi dire, ma meglio non saperlo.

Andiamo a piedi per la strada sterrata che aveva percorso Alù prima di morire. C'è profumo di estate incipiente. La pioggia della sera precedente ha lavato le foglie, il cielo, la strada: tutto è terso e lucido.

– Saverio, perché vuoi incontrare Lillo?

– Secondo me sa qualcosa. Ieri sera l'ho sentito mentre parlava con la biondina dell'albergo, Ylenia.

– La straniera?

– Sì, straniera come te. Il dialetto lo parla e lo capisce benissimo. Lillo le diceva di scrivere qualcosa. Fatti due conti: chi può muoversi indisturbato in un albergo, sapere i numeri delle camere, infilare un messaggio sotto una porta? Una che ci lavora. È classico dei gialli: il colpevole è sempre il maggiordomo.

– E che c'entra Lillo?

– Hai sentito, no? Lillo lavora spesso con suo padre alla Kolymbetra. Magari ha visto qualcosa. E ha pensato di mettere su un ricatto per farci due soldi, con la complicità della bella Ylenia.

Entriamo nel giardino, scendiamo per il viottolo tra gli ulivi, le palme nane, gli aranci, i mandorli, costeggiamo gli ingressi degli ipogei che sprofondano nel sottosuolo. Il silenzio è sottolineato dallo scroscio d'acqua di una fontana.

Da lontano vedo il taglio alla mohicana di Lillo. È all'ombra di un ulivo, vicino ad alcuni uomini in abiti da lavoro, con le braccia appese a un ramo basso.

Ci vede. Scappa di corsa, con la velocità delle sue gambe giovani. Affrettiamo il passo, ma è già scomparso nella vegetazione.

Quando arrivo sotto l'ulivo ho un po' di affanno.

– Chi siete? – fa uno con la faccia da greco antico.

– Vogliamo parlare con Lillo – dico.

– Che volete da mio figlio?

L'uomo si para davanti, le gambe larghe a bloccarci il passaggio. Gli altri tre contadini restano fermi. Uno impugna un coltello a serramanico, taglia fette di pane da una pagnotta. La lama brilla tra il chiaro della mollica.

– Sono un giornalista – dico.

– E che vuole da mio figlio?

– Niente, sto facendo un servizio sui giovani agrigentini che lavorano nella Valle dei Templi.

– Secondo lei sono cretino?

– Mai pensato.

– Appunto. Lasciate stare il ragazzo, non c'entra niente con le vostre cose.

– Mi scusi, io sono padre come lei – dice Piccionello con la convinzione di uno che ha undici figli – forse Lillo sta combinando qualche fesseria. Cerchi di capire, lo ascolti. Non è un consiglio, è l'anima di un padre che le parla. Poi, faccia come crede. Andiamo, Saverio.

Peppe mi tira da un braccio per riportarmi indietro.

Sento gli occhi dei quattro uomini puntati alle mie spalle. Rivedo la lama affondare nel pane.

– Aspettate – dice il padre di Lillo.

Lancia un'occhiata d'intesa ai suoi tre compagni che, più rilassati, ricominciano a mangiare pane e sgombro in scatola.

Viene verso di noi.

– Mettiamoci qui – indica un mandorlo.

Siede su una pietra antica, macchiata di muschio secco. Fa segno di accomodarci, quasi fosse il salotto di casa sua.

– Il picciotto è bravo – dice.

Si capisce dai capelli, penso, ma non lo dico.

Si accende una Chesterfield rossa, me ne offre una. Piccionello rifiuta.

– Il picciotto è bravo – ripete, gli occhi bassi alla terra smossa tra i piedi.

– Si capisce – fa Piccionello.

– Purtroppo tre anni fa, quando è morto il fratello più grande, Lillo si è scombinato. Ha cominciato a frequentare mali compagni, ha dato preoccupazioni a me e a sua madre, si è fatto bocciare due volte. L'ho scannato a legnate, ma è fatto ribelle. Poi ha conosciuto una ragazza bravissima.

– Ylenia?

– Si chiama così. Sembrava più manzo, più tranquillo. Ma da quando hanno ammazzato il professore si è di nuovo scombinato. Forse l'impressione di trovarlo morto, non so.

– È stato Lillo a trovarlo? – dico.

– Sì, subito dopo sono arrivati gli altri. Ma Lillo è stato il primo. C'era solo lui nel giardino. Io e gli altri eravamo andati al vivaio a prendere degli innesti.

– Lei ci ha parlato? – dice Peppe.

– Non vuole discutere con me.

– Perché non prova con Ylenia? Gli vuole bene, magari può aiutarlo a non fare minchiate – continua Peppe.

– La ragazza?

– Sì, la ragazza. Vede signor... – intervengo.

– Mendolia Salvatore.

– Vede signor Mendolia, le donne spesso sono più ragionevoli.

Piccionello approva con la testa. Il mio maschilismo congenito si è disintegrato.

– Magari Ylenia riesce a convincerlo, a capire cosa sta succedendo – dico.

– Non ci avevo pensato – dice Mendolia.

– Noi siamo a disposizione per qualunque cosa. Ci trova all'hotel dove lavora Ylenia. Io sono Saverio Lamanna, il mio amico è Peppe Piccionello. Non ci consideri giornalisti, ma prima di tutto uomini e padri. Come lei.

– Forse avete ragione – e Mendolia spegne il mozzicone sotto il tacco.

Lo imito. Mendolia raccoglie i mozziconi spenti e se li mette nel taschino della camicia.

– La terra va tenuta pulita – spiega.

– La terra deve essere sempre pulita – approva Piccionello.

Mendolia si alza in piedi. Saluta con un cenno della testa, senza dire niente. Torna per il viottolo dentro i suoi pensieri, sopra la terra netta.

– Non sono giornalista – mi fa Peppe.

– Non sei nemmeno padre.

– Che ne sai? I figli vengono al mondo senza chiedere permesso.

Capitolo 40

Torniamo a piedi in hotel. Penso a Mendolia, alle scuse che cercava per suo figlio: il fratello morto, le male compagnie. Un corredo di alibi, di spiegazioni e di cause per spiegare il legno torto, per trovare il punto di torsione; magari per poter ancora intervenire, potando, innestando, irrigando. E il legno del tuo legno sempre più torto e amaro. Malgrado la terra pulita.

L'uomo pianta due alberi di pere coscia dietro la casa. Uno cresce alto, fruttifica, è ragione di orgoglio; l'altro invece, sbieco e torvo dà pere marce e avvizzite. Il contadino travasa la terra, porta acqua, dà concime, ma il legno di uno è sempre più sbilenco, il fusto dell'altro si leva dritto nel vento. Poi, d'improvviso, un colpo di gelo, una lingua di scirocco o una vampa di fuoco secca l'albero buono, salva quello torto. E l'uomo che li ha piantati piange entrambi, uno perché morto, l'altro perché malovivo.

– Pensi a Mendolia? – mi chiede Peppe.

– Perché?

– Non ci pensare. Così è la vita. C'è chi nasce legno torto.

Mi legge nel pensiero? Forse così è l'amicizia in Sicilia e nel mondo: intuire i pensieri di chi ti cammina accanto perché ha lo stesso passo.

Davanti all'hotel arriva un'auto. Ne scende Randone, seguito da tre agenti.

– Randone, devo parlarti. Ci sono novità – dico.

– Le novità le porto io.

– Cosa?

– Aspettami qui.

Entra dentro l'albergo. Parla col portiere che, un po' confuso, prende una chiave e lo precede al primo piano.

– Che succede? – fa Piccionello.

– Ha l'aria del cirneco che ha fiutato la lepre.

– Cos'è?

– Cosa?

– Il cirneco.

– Un cane da caccia.

– E chiamalo cane, allora.

– Voglio essere preciso.

– Sei solo petulante, Saverio.

– Ricercato, meglio.

– Presuntuoso, meglio.

Discutendo di filologia ed etimologia, come ben si addice a due intellettuali della Magna Grecia, aspettiamo al bar il ritorno del vicequestore Randone.

Il cameriere si avvicina al tavolo, ma il nostro fitto dialogo se nomina sunt consequentia rerum o se invece me la tiro quando scrivo e parlo, lo respinge indietro con la perplessità criptica propria del suo mestiere nel ritenere i clienti dei pazzi di catena o solo degli imbecilli con i soldi.

Ecco Randone. Ci fa cenno di seguirlo fuori.

– Allora? – gli chiedo quando siamo accanto alla sua auto.

– Abbiamo trovato il bastone di Alù.

– Minchia – esclamo.

– Non dire minchia che poi non puoi scriverlo – fa Peppe.

– Hai ragione. Dov'era? – chiedo a Randone.

– Indovina – mi fa.

– Non lo so.

– Provaci, almeno.

– Dai, Randone, ti sembra il momento dei quiz?

– Lamanna, non hai fantasia.

– Lo dice anche il mio editore. Dov'era 'sto bastone?

– Nascosto nella camera di Rosalia Infantino, sotto al materasso.

– Minchia – fa Peppe.

– Questa volta puoi dirlo. E lei dov'è? – chiedo a Randone.

– Agli scavi del teatro. Stiamo andando a prenderla per interrogarla. Lamanna, non scrivere niente, almeno finché non capisco qualcosa.

– Allora non potrò scriverla mai.

– Cretino.

– Ma come avete fatto a scoprirlo?

– Una telefonata anonima.

– Non ci credo: sono fuori moda da più di trent'anni.

– Credici, Lamanna. Preferirei dirti che ci sono arrivato col mio intuito. Ma a volte serve anche la fortuna.

Sale in auto e se ne va.
– Che ne dici? – chiedo a Piccionello.
– Non mi convince per niente.
– Peppe, tu mi leggi veramente nel pensiero.

Capitolo 41

– Allora, pronto? Ciak, motore, azione – dice Peppe.

– La smetti di sentirti Antonioni? – gli faccio.

– Lo conosco?

– Sono sicuro di no. Dai, riparti. Evitiamo i vizi autoriali.

– Tre, due, uno. Vai.

– Il mistero della Valle dei Templi è a una svolta. L'omicidio di Demetrio Alù, ucciso nel giardino della Kolymbetra, segna un nuovo passo. Rosalia Infantino, archeologa ed ex allieva di Alù, viene interrogata in questo momento negli uffici della squadra mobile di Agrigento. Nella sua camera d'albergo è stato trovato un oggetto, appartenuto ad Alù, scomparso dalla scena del delitto. Come è finito nella stanza di Rosalia Infantino? È quanto vogliono capire gli investigatori. Come gli archeologi che ricompongono pezzo a pezzo i reperti dissepolti, il mosaico dell'omicidio di Alù viene rimesso insieme per capire chi e per quale motivo abbia ammazzato il più famoso esperto internazionale della Magna Grecia. Ma forse Rosalia Infantino è a sua volta la vittima di una macchinazione più vasta, capro espiatorio di un rito crudele che ha voluto la morte di Alù per interessi ancora oscuri. Il Tempio della Concordia, immobile sulla collina, è un testimone muto. Potrebbero esserci invece altri testimoni, non di pietra, non divini, ma umani che sanno molto, ma restano in silenzio. Come le pietre di questa Valle, pietre di cui Alù diceva di saper ascoltare il suono.

– Finito? – fa Peppe.

– Sì, hai inquadrato il Tempio della Concordia?

– Una cartolina ho fatto.

Rivediamo il girato. Il genio di Michelangelo Antonioni ha posseduto Piccionello giusto per il minuto e quindici secondi del video. Dalla terrazza dell'albergo è planato sul tempio con lo stesso piano sequenza del finale di *Professione reporter*.

– Ti piace? – mi fa.

– Tu non conosci Antonioni, sicuro?

– Il carrozziere di Paceco?

– Lascia perdere, Peppe. È girato benissimo. Lo mando a «LiveSicilia».

– Avevi promesso a Randone di non dire niente.

– Avevo pure promesso a me stesso di essere sempre coerente, e non ci sono mai riuscito. La verità è rivoluzionaria, Peppe.

– Come dici tu. Hai sentito Cannizzaro?

– Ora lo chiamo. Aspetta.

Faccio il numero.

– Cannizzaro, ci vediamo stasera?

– Chi è?

– Lamanna e Piccionello, i parenti di Noemi.

– Ma stavolta venite con i soldi?

– Sì, ma li consegniamo nelle mani di Noemi.

– Certo, con chi credete di parlare? Con un imbroglione?

– Tu lo hai detto.

Funziona sempre la citazione evangelica.

– Va bene, Lamanna. Ci vediamo allo stesso posto.

– Va bene, Cannizzaro. Mi saluti l'ispettore Miceli.

– Chi?

– Miceli.

– Ah, certo.

Chiudo la telefonata.

– Gli diamo i soldi e finisce così? – mi chiede.

– Sto preparando una sorpresa.

– Quale?

– Se te la dico che sorpresa è?

– Non combinare guai, Saverio.

– Ne ho mai combinati?

– Sempre.

Capitolo 42

Si sta come in primavera sugli alberi le foglie. Ma forse Ungaretti scriveva d'autunno. La terra dell'eterna primavera, scrivono i banali cantori della Sicilia. Ma non credo sia così, perché la primavera è promessa, aspettativa, sospensione. Invece qui è tutto netto e preciso. Come diceva quello? In Sicilia si sente toccar finalmente terra. Hanno termine tutte le sfumature, gli stati nebulosi, le incertezze dell'atmosfera, e subentrano i toni assoluti, essenziali. Non c'è l'acquarello, la gouache di mezza stagione: la Sicilia è in acrilico. Si sa che il mare è azzurro, ma in Sicilia è proprio azzurro, senza sottintesi; come azzurro è il cielo e bianchissima la roccia calcarea: mi pare che scriveva cose così. Ma come si chiamava?

Le riflessioni della controra, disteso sul letto con il balcone aperto sul cielo e sul tempio. Pensieri inutili e perduti.

Lo squillo del telefono.

– Lamanna, adesso basta – dice una voce di donna.

– Sono d'accordo: basta. Ma chi sei?

– Pamela.

Pamela, il corpo della notizia.

– Ciao Pamela. Grazie del pensiero. E tu come stai?

– Lamanna, ho visto il video. L'abbiamo visto tutti.

– Immagino, siete più di quattromila ad averlo visto.

– Lo sai che il sindacato dei cronisti sta preparando una nota di protesta?

– Mi stai chiedendo se posso firmarla anch'io?

– Lamanna, non puoi firmarla. Ce l'hanno proprio con te.

– Ma io sono d'accordo nel protestare contro di me.

– I giornalisti agrigentini dicono che hai tutte le notizie in anteprima.

– Una nota di protesta contro la bravura e il talento?

– No, contro Randone che passa le notizie solo a te.

– Ci tengo a sottoscriverlo. Fallo presente al direttivo del sindacato.

– Ma non ha senso.

– Pamela, quasi niente ha senso. Ecco perché voglio firmarlo. Ciao.

Aveva ragione un altro di cui non ricordo il nome: tre siciliani li metti d'accordo solo se c'è da fare del male a un quarto. Se il comunicato viene diffuso, giuro che lo incornicio.

Ancora il telefono.

– Pamela, il mio nome accanto al tuo.

– Chi è Pamela?

– Ciao Suleima. Hai ricevuto risposte dal Canada?

– Non cambiare discorso. Chi è Pamela, cos'è 'sta storia dei nomi accanto?

– Niente, una delicata vertenza editoriale.

– Perché ti sopporto?

– Perché sono il migliore che hai incontrato nella tua vita.

– Allora sono proprio sfortunata.

– Non è vero. Con me hai vinto l'Enalotto. Allora, hanno risposto?

– Sì, ti ho girato la mail. Hanno mandato il progetto.

– L'hai già letto?

– Non ho tempo. Fatti aiutare da Pamela.

– Non credo. Abbiamo forti divergenze deontologiche.

– Capisco: conosco il tuo rigore morale. Vieni a Favara?

– Sì, adoro gli addii.

– Allora, arrivederci.

Apro la mail inoltrata da Suleima.

Sono sessanta pagine in inglese. Vado veloce sulle origini di Akragas, le fonti bibliografiche, lunghe citazioni in tedesco e in greco antico, edizioni dell'università di Uppsala e di Leida. Alla pagina trentadue, finalmente, si comincia ad entrare nel merito.

Bussano. Sarà Piccionello.

– Peppe, entra, è aperto – dico.

Bussano di nuovo.

Vado alla porta.

Ylenia. E Mendolia Salvatore.

Senza la divisa dell'albergo Ylenia sembra una sedicenne. I capelli sciolti, invece che stretti nella coda, un paio di jeans strappati sul ginocchio e una maglietta che lascia scoperto un tatuaggio tribale sul braccio.

– Disturbiamo? – chiede Mendolia.

– Prego, entrate.

Ylenia prende posto sul divanetto. Mendolia resta in piedi.

– Vuoi una Coca, Ylenia? – le chiedo.

– No, grazie.

Mendolia le fa un gesto, quasi a dire: avanti, parla.

La ragazza guarda Mendolia, guarda me.

E scoppia a piangere.

Ora, a me il pianto delle fanciulle provoca un certo imbarazzo, fin dai tempi in cui le mie compagne di classe frignavano all'interrogazione di trigonometria per muovere a pietà la professoressa Zina Messana che invece sembrava provare una sottile soddisfazione per ogni lacrima versata agli arcana della matematica e della fisica.

– Piange – dico a Mendolia.

– Tra poco le passa – fa lui.

Prendo una Coca dal frigobar, la porgo a Ylenia.

Si apre la porta. Entra Peppe Piccionello. Sulla maglietta ha una scritta gialla: «Geosicily, la terra non è tonda né piatta. È triangolare».

Guarda Ylenia. Mi scruta interrogativo. Con gli occhi, facendo appello al mio patrimonio ancestrale, gli comunico di portarsi via Mendolia.

Finirò per credere che esista veramente un linguaggio ortottico siciliano, perché Peppe convince Mendolia a uscire dalla camera per scambiarsi reciproche opinioni sulle gioie e i dolori della paternità, forti della comune esperienza.

Ylenia prende i kleenex dalla borsetta, si asciuga le lacrime. Mi siedo sul divano, le poso una mano sulla spalla: linguaggio corporeo, ci scrivono sopra perfino i libri.

– Te la senti? – le chiedo.

Annuisce.

– Quando vuoi – dico.

Tira su col naso.

– Dopo che hanno ammazzato il professore, quello vecchio vecchio – comincia con una voce flebile che sembra perdere l'accento agrigentino.

– Alù – dico.

– Sì, dopo che lo hanno ammazzato, Lillo era tutto sconcertato. Mi ha raccontato che quella mattina c'era solo lui al giardino, ha visto uno che risaliva di corsa dalla trazzera. Uno che ha buttato un bastone nel roveto. Lillo lo ha recuperato, si era incastrato tra i rami. Poi è sceso giù e ha trovato il vecchio morto.

– Chi ha buttato il bastone?

– Lillo non lo conosceva. Ma si era fissato. Poi lo ha riconosciuto al funerale, lì al museo.

– Moncada, per caso?

– Sì, Moncada, il professore che sembra un attore.

– Vai avanti.

– Mi ha detto di scrivere una cosa al computer e infilarla sotto la porta di Moncada. Dopo lo abbiamo chiamato in camera, da dentro l'albergo, così la telefonata non poteva essere segnata.

– Intercettata.

– Segnata, appunto. Lillo ha chiesto tremila euro a Moncada per il bastone.

– Tremila euro?

– Tremila euro sono tanti, no?

– Tantissimi.

– Lillo vuole scappare via da Agrigento. Dice che possiamo andare a Liegi, da suo zio. Tremila euro sono buoni per l'aereo, per vivere prima di trovare un lavoro. Io so il francese, lui non vuole studiare, ma in Belgio il lavoro si trova, pure in una fabbrica. Tremila euro sono buoni, no?

– Sì, per partire sono buoni.

– Io ho messo da parte mille euro. E fanno quattromila. Sono buoni per andare in Belgio, no?

– Ma perché volete andare in Belgio? Tu hai un lavoro, Lillo pure.

Mi fissa con i suoi occhi svevi, da mari del nord.

– Sono incinta e lì si fanno i fatti loro.

La guardo così minuta, bionda, perfetta belga tra i belgi, col suo francese con la calata agrigentina: già madre. E mi si stringe il cuore.

– Sai bene il francese? – le chiedo.

– Mia madre è del Belgio, lo so bene.

– Com'è finita con Moncada?

– Prima diceva che andava a denunciare tutto alla polizia. Lillo si è arrabbiato, gli abbiamo scritto di nuovo, la notte che pioveva e lei ci ha visti. Quando lei è tornato su in camera, Lillo mi ha fatto scrivere di nuovo a Moncada che lo ammazzava se non pagava. Io non volevo, avevo paura.

– E dopo?

– Dopo gli ho infilato il messaggio sotto la porta e Lillo ha telefonato, sempre dall'albergo. Si sono incontrati stamattina alle cinque, qua dietro. Moncada gli ha dato i soldi e Lillo ha consegnato il bastone. Ora è tutto finito. E possiamo andare in Belgio. Quattromila euro bastano, no?

– Certo. Dov'è Lillo, adesso?

– Si è spaventato quando siete andati a cercarlo al giardino. È da un suo amico, a Raffadali.

– Digli di restare lì. Ti avviso io quando può tornare.

– Possono succedergli cose brutte se torna?

– Speriamo di no.

Mi prende una mano, tenta di baciarla.

– Che fai? – dico, tirandomi indietro.

– Lei ci aiuta, vero?

– Sì, però adesso vai. Lavori stasera?

– Più tardi, dalle sette alle due di notte.

– Brava.

Si alza, raccoglie la borsa. È minuta, ancora più piccola senza tacchi e con le All Star ai piedi.

Sulla porta si volta verso di me.

– Quattromila euro sono buoni per una vita nuova, vero? – mi chiede.

– Sì, Ylenia. Sono buoni per ricominciare da un'altra parte.

Capitolo 43

La città dei tolli si alza sopra la città dei templi. La città dei morti, diceva Pirandello, contro la città dei vivi e degli dèi. Ecco, ci sono finito di nuovo dentro: ad Agrigento penso pirandelliano. La solita storia di uno, nessuno e centomila.

– Perche hai detto centomila? – mi chiede Peppe.

– Non ho detto niente.

– No, parlavi da solo: hai detto centomila.

Risaliamo in auto verso la città dei morti o dei vivi, non so. Trovo un parcheggio davanti alla questura, nel primo pomeriggio Agrigento è ancora dormiente.

– Siamo da giorni ad Agrigento, ma è come se non ci fossimo stati – fa Peppe, osservando il profilo rotondo del palazzo delle poste di stile fascista.

– Non siamo stati ad Agrigento, ma ad Akragas.

Chiedo al piantone, consegniamo i documenti, aspettiamo che qualcuno risponda al telefono ai piani di sopra, veniamo scrutati come individui sospetti.

– Potete salire. Il dottor Randone vi aspetta.

Lo troviamo sul pianerottolo.

– Lamanna, ti avevo detto di non scrivere niente.

– Infatti non ho scritto.

– Hai fatto un video.

– Allora dovevi essere più preciso: non scrivere e non dire niente.

– Mi hai fatto litigare con tutti i giornalisti agrigentini.

– Lo so. Hanno fatto una nota di protesta. L'ho firmata anch'io.

– Ma è contro di te.

– Appunto, vuoi mettere il piacere di contraddirmi?

– Lamanna, basta con le stronzate. Tra poco fermiamo Rosalia Infantino: non sa spiegare perché il bastone di Alù era nella sua camera.

– Rosalia Infantino non c'entra. Randone, vuoi sapere la storia del bastone? Forse è la stessa di chi ha ammazzato Alù.

– Lamanna, sarà uno dei tuoi soliti romanzi.

– No, è meglio dei miei romanzi.

– Questo è veramente buono – aggiunge Piccionello.

– Perché, i miei non sono buoni? – chiedo.

Peppe alza le spalle. La prossima volta gliela faccio pagare, altro che deuteragonista: lo riduco al ruolo di comparsa.

Randone ci porta nel suo ufficio.

Gli spiego la storia di Lillo, del bastone, ma non parlo dei tremila euro. Dico che Lillo ha trovato il bastone dopo che Moncada se ne era disfatto: convinto che fosse suo glielo ha riportato. È un ragazzo, non poteva immaginare che ci fosse un collegamento col delitto.

Randone mi segue perplesso: capisce che nascondo qualcosa. Ma gli interessa molto di più acquietare il questore, il capo della polizia, il ministro dell'Interno e guadagnare punti per rientrare presto a Palermo: i ricongiungimenti familiari incidono fortemente sulla storia, vedi Elena e Menelao.

– Facciamo buona la tua ipotesi, Lamanna. Ma Rosalia Infantino ha un movente: ci ha confessato che era stata l'amante di Alù e lui l'aveva rifiutata.

– Fesserie – fa Piccionello.

– Come fesserie? È una pista concreta – dice Randone.

– Randone, tu sei un sentimentale, sei affascinato dalle vicende di cuore. Ma la relazione tra Rosalia e Alù risale a vent'anni fa.

– E allora? Moncada perché doveva ammazzarlo?

– Per questo – poggio una cartellina sul tavolo, il progetto presentato alla fondazione italo-canadese.

Randone la apre cauto. Se ne ritrae scottato.

– È in inglese.

– Un po' la tua seconda lingua, vero?

– Lamanna, non fare lo sbruffone.

Prendo la pagina con la mappa del punto in cui Moncada ha individuato l'area degli scavi per la scoperta del teatro greco.

– Che ti suggerisce? – gli chiedo.

– Niente. Non capisco.

– Questo è il problema – fa Piccionello.

– Lamanna, se l'amico tuo continua così lo faccio arrestare – dice Randone.

– Dai, Peppe: sei davanti a un vicequestore. Parla con rispetto.

– Vede il cerchio rosso? – fa Piccionello a Randone.

– Sì.

– Secondo Moncada il teatro sarebbe lì. Ma invece è distante oltre tre chilometri – e Peppe mette il dito su un altro punto della mappa.

– E allora? – chiede Randone.

– Allora, Moncada aveva sbagliato il sito degli scavi. La scoperta dei primi ruderi del teatro in un'altra zona della Valle, se avvalorata da Alù, avrebbe reso carta straccia il progetto di Moncada – aggiungo.

– E allora? – insiste Randone.

– Ma sa dire solo: allora?

– Piccionello, la sbatto dentro con fermo di polizia, secondo l'articolo 384 e seguenti del codice di procedura penale.

– Ascolta, Randone – intervengo – a fine mese, la fondazione canadese che ha selezionato il progetto di Moncada deciderà a chi dare due milioni di dollari.

– Due milioni? – dice Randone.

– Due milioni – conferma Peppe.

– Se l'altra mattina Alù avesse confermato che il teatro era proprio dove sta affiorando, piuttosto che nel punto individuato da Moncada, cosa che aveva intenzione di fare, il progetto di Moncada non avrebbe avuto più alcun valore. E i soldi canadesi chissà dove finivano – dico.

– Due milioni di dollari – ripete Randone.

– Eliminando Alù, Moncada ha guadagnato tempo: il suo progetto doveva reggere ancora per pochi giorni, poi ci avrebbe pensato lui a sistemare le cose.

– Proprio così. Si può ammazzare uno per due milioni di dollari? – gli chiede Peppe.

– Certo. Pure per meno – conferma Randone.

– Bene, ora ti lasciamo così ti occupi di Moncada. Ma prima devo chiederti un favore – dico.

– Mi complichi la vita e devo ricambiare il favore? – fa Randone.

– La gente come lei, Randone, per campare deve ricambiare i favori alle persone intelligenti – dice Peppe.

– Come me in che senso? – chiede Randone.

– Come lei. Proprio come lei.

Capitolo 44

«A place that makes you happy».

Leggo e rileggo la scritta sul muro.

«A place that makes you happy».

C'è qualcosa che devo capire o sapere? La festa al Farm Cultural Park è una baraonda ordinata quanto il mercato di Ballarò a Palermo. Madri, padri, nonne scattano foto e fanno video con i loro Samsung, iPhone, Huawei, mentre i bambini salgono sul palco e raccontano la loro città ideale: mostrano i disegni, espongono le costruzioni di cartone.

Addento un'arancina mignon alla carne, mi verso un bicchiere di succo d'arancia. Il buffet è analcolico, nel rispetto delle norme a tutela dell'infanzia.

Piccionello ha agganciato i fondatori della Farm: da una certa distanza capisco che Peppe è entrato nel ruolo dell'esperto di street contemporary art.

– Bella festa, vero? – si avvicina Teodoro.

– Come no – rispondo, dopo aver mandato giù l'arancina.

– Hai visto quant'è bella Suleima?

– Grazie dell'informazione, lo avevo già intuito.

– Dai, Saverio, non fare il gelosone siciliano. Non ti si addice. Guardala bene.

Osservo Suleima: è in piedi vicino al palco. Segue con gli occhi i bambini, li incoraggia, sillaba le parole che pronunciano ad alta voce.

– Le piacciono molto i bambini – continua Teodoro – è capace di allacciare con loro un rapporto straordinario.

– Ho captato il messaggio subliminale.

– Non è subliminale. È chiarissimo. Ormai sei grande, Saverio. Puoi prenderti le tue responsabilità.

– Non vorrei esagerare. Si comincia così, poi non si sa dove si va a parare.

– Ecco dove si va a parare – mi mostra sul display del telefono la foto di tre ragazzini sulla spiaggia.

– Sono tuoi?

– Uno è nostro. Gli altri due di mia moglie, da un precedente matrimonio. Sono cresciuti con me: la cosa migliore che ho saputo fare.

– Per fortuna c'è gente come te: l'istituto demografico nazionale ringrazia.

– Guarda Suleima e pensaci.

La guardo. E mi piace. Lei mi vede, sorride. Ha una luce diversa, un po' mi spaventa, un po' mi ammalia. È lei, ma è un'altra: ancor più Suleima, ancor più bella.

Sale sul palco un sassofonista che per dieci minuti rischia di buttarmi in una profonda depressione blues. Supero la crisi con tre calzoncini fritti al prosciutto e pomodoro. E conquisto un calice di grillo al bar della Farm, area non ancora dealcolizzata.

Il telefono.
– Papà – dico.
– Sei ancora ad Agrigento?
– In questo momento alla Farm, a Favara.
– Suleima come sta?
– Anche io bene, grazie.
– Saverio, è una brava ragazza. Non fare al solito tuo.
– Ho deciso di donarle tutti i miei organi.
– Smettila, Saverio. L'hanno arrestata, quindi.
– Chi?
– L'assassina, l'archeologa. L'ho sentito adesso in tv. Lo sapevi?
– Non è lei.
– E tu che ne sai?
– Lo immagino.
– Torni a Màkari?
– Sì, domani.
– Perché non scrivi un romanzo su questa storia?
– Questa di Agrigento?
– Un bel thriller, come Donato Carrisi.
– Tu hai letto Carrisi?
– No, però Mimì dice che è bravissimo.
– Mimì non sbaglia un colpo.
– Ciao Saverio, se passi da Palermo perché non ti fermi? Avvertimi prima, così faccio preparare da Marichiedda gli anelletti al forno per Peppe Piccionello.
– Grazie del pensiero. Tu sì che conosci i miei gusti.
– Ciao Saverio, salutami Peppe e Suleima.
– Ti abbraccio anch'io, papà. Chiudo, non sento più niente.

Una tempesta di tamburi infatti si fa strada per i cortili della Farm. Ritmo di pelli e bastoni, grappolo di battiti e percosse, treno che avanza, calpestio di zoccoli, rombo di guerra. Sono il gruppo dei tamburinai di Racalmuto: i bambini saltano su due piedi, i telefonini inquadrano le bacchette che rimbalzano sui timpani tesi, convulso sabba africano in terra di Sicilia che sbatte nel petto e nelle tempie.

Suleima mi bacia. Mi fa girare o forse mi gira la testa: la cadenza si fa veloce, sincopata, trascinante. Forse è il cuore. O forse i tamburi che rintronano nel petto, spostano l'aria. Nel sapore di Suleima sento lo schiamazzo dei bambini che gridano e applaudono.

Mi balla negli occhi la frase sul muro.

A place that makes you happy.

A place that makes you happy.

A place that makes you happy.

Capitolo 45

La luna piena è alta sul mare africano. In fondo brillano le luci di Porto Empedocle. Sulla collina splendono i templi illuminati, spiccano netti sul bagliore della città di Agrigento.

– Quasi quasi mi dispiace andarmene – dice Suleima.

– Per il paesaggio o per me? – chiedo tenendo gli occhi sulla strada.

– Ma il paesaggio sei tu – dice Suleima e mi schiocca un bacio sulla tempia.

La Seat sbanda leggermente.

– Vogliamo finirla? – fa Peppe Piccionello, seduto dietro.

– Ma se abbiamo appena cominciato – dice Suleima.

– Vabbè, stiamo attenti alla strada – avverte Peppe.

– Nervoso, Peppe? – gli dico.

– No, tranquillissimo – ma lo dice in un modo poco convincente.

Anche a cena Peppe è rimasto silenzioso. Il pensiero dei seimila euro da consegnare a Noemi nell'appuntamento al Caos lo rende nervoso. Ma soprattutto quel che potrebbe accadere. Dal primo momento mi ha detto che il piano di Randone non lo convince: troppo semplice per funzionare. A me, invece, le cose semplici sembrano sempre le migliori.

Teodoro è andato via presto: domani deve svegliarsi all'alba, andare a Palermo per un appuntamento di lavoro e poi ripartire per Milano. Mi è toccato pure ringraziarlo e riconoscere che non è la gran brutta persona che pensavo: non ci sono più gli antagonisti di una volta che rimangono cattivi e antipatici per tutta la durata della storia. Che tempi: non ci si può fidare manco degli avversari sentimentali, i quali alla fine si rivelano quasi migliori di noi.

Chiusi nei nostri pensieri, rimpianti, nostalgie, nell'abitacolo della Seat Ibiza, mentre attraversiamo la valle degli dèi, degli uomini e di tutti coloro che se ne fottono degli dèi e degli uomini, contiamo le ore, le opere e i giorni: Peppe medita sui soldi stipati nella sacca, Suleima calcola le ore che mancano alla sua partenza, io calcolo il tempo che manca alla spartenza da lei.

Il piazzale del Caos al solito è quasi deserto: il chiosco è chiuso, dentro un'auto ferma da un lato stanno forse due fidanzati che si baciano o tre amici che fumano ascoltando musica o quattro mafiosi di provincia che organizzano un attentato a un cantiere edile.

– Eccoci – fa Peppe.

– Scendiamo? – chiede Suleima.

– Scendete voi. Io resto – dice Peppe con un braccio sulla borsa piena di soldi.

Sediamo su una panchina poco distante.

– A che ora è il tuo volo? – chiedo.

– Alle tre del pomeriggio – dice Suleima.

– Perché?
– Dovresti chiederlo a easyJet.
– Perché non resti a Màkari fino a domenica?
– Saverio, è una proposta?
– Prima di tutto è una domanda.
– Prima di tutto fammi una proposta.
– Una proposta seria?
– Non sono una ragazza così seria.

Mi sorride. Le guardo le labbra. E non posso che baciarla. Sotto la luna. Davanti alla casa di Pirandello. Nel Caos di questa contrada e di quanto mi passa per la testa.

Gli abbaglianti di un'auto ci flesciano in posa da fidanzatini di Peynet. Alzo una mano davanti agli occhi, per difendermi dalle luci.

– Avete portato tutto? – dice la voce di Cannizzaro, un'ombra che scende dall'auto e si piazza davanti ai fari.

– Stai tranquillo – dico.

– Tranquillo ha fatto una brutta fine – fa Cannizzaro.

– Rassegnati. Appena arriva Noemi le consegniamo i soldi.

– Non funziona così. Adesso voi mi seguite.

– Dove? – chiedo.

– Seguimi. Ma lei viene con me – dice.

– Lei chi?

– La tua ragazza.

– Sei pazzo.

– Non preoccuparti Lamanna, non la tocco. Ma non mi fido di te e del tuo amico. Ho avuto informazioni riservate su voi due, mi dicono di stare attento.

– Vengo io con te – dico.
– No, viene la tua ragazza. Te la restituisco appena abbiamo concluso.
– Va bene. Andiamo – fa Suleima.
– Suleima, no – dico.
– Non ti preoccupare, Saverio, so difendermi.
– Mi piace la ragazza – dice Cannizzaro.
Vedo Suleima salire sul Qashqai e mi maledico di averla portata stanotte con me.
Risalgo in auto.
– Dov'è Suleima? – chiede Peppe.
– Sull'auto di Cannizzaro. Dice che dobbiamo seguirlo.
– Lo sapevo che il piano di Randone non funzionava.
– Vabbè, non rompere le scatole. Cazzo, quanto va veloce.
Premo l'acceleratore della Seat Ibiza. La Nissan di Cannizzaro risale sulla statale, si dirige verso Porto Empedocle. Sfioriamo le ciminiere, passiamo davanti al cementificio, superiamo un semaforo intermittente giallo. Cannizzaro va veloce, conosce bene la strada. Sto dietro a fatica, per fortuna ogni tanto rallenta per farsi raggiungere.
– Dove stiamo andando? – fa Peppe.
– Non lo so.
La luna è alta sullo spiaggione di Porto Empedocle. Le indicazioni stradali segnano Realmonte, miniera Italkali, Scala dei Turchi. Curve, a destra, a sinistra. Cannizzaro sorpassa un'Ape a luci spente. Abbiamo già percorso dieci chilometri, Cannizzaro va avanti.
– Perché non chiami Randone? – dice Peppe.

– Forse dimentichi che c'è Suleima sulla sua macchina. La questione si è incasinata.

– Come prevedevo.

– Peppe, se lo dici ancora ti giro una sberla come quelle che mollava mia madre, all'urbigna e all'indietro.

– Però te l'avevo detto.

È vero, Peppe lo aveva detto. E io non vedo l'ora di chiudere la faccenda al più presto.

Filiamo veloci lungo la statale deserta. Dopo un curvone, si staglia un paese con luci gialle, sovrastato dalla cupola tonda di una chiesa.

– Dove siamo? – fa Peppe.

– Siculiana – leggo il cartello.

Cannizzaro entra nel bivio per Siculiana, fa una strana inversione, si infila in una strada di campagna.

– Meno male che dovevamo attirarlo in un agguato. Ci stiamo finendo noi – fa Peppe.

– Così mi risollevi e mi conforti.

– Un fatto è un fatto.

C'è buio, la strada sale, si piega tra case di villeggiatura chiuse. In fondo a una discesa intravedo il mare, chiaro sotto la luna.

Un cartello indica Giallonardo.

– Stiamo andando al mare – fa Peppe.

– Sì, fuori stagione.

La Qashsqai si ferma davanti a un chiosco balneare sbarrato con assi di legno.

Resto dietro, a fari accesi. Suleima scende dall'auto di Cannizzaro. Col pollice mi fa segno di ok. Tutto bene, così sembra.

– Diamo i soldi e andiamo via – dico e apro lo sportello.

Peppe prende la borsa con il denaro, smonta dalla Seat.

– Scusate il modo, ma non decido io. Ragioni di sicurezza, come capite bene – fa Cannizzaro – i poliziotti sono nervosi, dicono che sono state trovate armi ed esplosivo vicino alla casa dove abitano Noemi e Simone. Siamo tutti nervosi.

Ha scelto un tono più conciliante.

Il mare sbatte sulla spiaggia. E c'è odore di salsedine.

– Dov'è Noemi? – chiede Peppe.

– Sta arrivando – dice Cannizzaro.

Spuntano da dietro il chiosco.

Simone e Noemi abbracciati, tra i due agenti di polizia guardinghi.

Tengo Suleima per i fianchi, stretta a me.

– Hai avuto paura? – le sussurro.

– No, abbiamo parlato di cinema. È appassionato di *Matrix*.

– Avete parlato di cinema?

– Che c'è di male?

– Ti credevo in pericolo.

– Solo con te sono in pericolo.

Peppe sta spiegando a Noemi qualcosa sui soldi, le consegna una lettera.

– Noemi, è di tua madre. Telefonale più spesso, è in pensiero.

– Lo so Peppe, ma hai capito che vita facciamo.

Tra poco piange, penso. E infatti.

Simone la abbraccia, premuroso.

– Ci hanno detto che dobbiamo cambiare di nuovo alloggio, hanno trovato armi ed esplosivi. Siamo stanchi. Non finisce mai. Non finirà mai.

– Non è giusto – singhiozza Noemi – non abbiamo fatto niente di male. Abbiamo sempre rispettato la legge, abbiamo pagato le tasse, abbiamo lavorato. Volevamo solo una vita serena, e invece siamo finiti in un incubo. La colpa è di questa terra. Maledetta.

E Noemi sbatte il piede più volte sulla sabbia.

– Poverini – bisbiglia Suleima – ma come si vive così? Ridotti a nascondersi perché la mafia ti vuole ammazzare.

– La Sicilia è un posto feroce – dico.

Ma sono colpito anch'io. È questo il destino degli onesti?

Due sciabolate di luce fendono la notte.

Vengono dalle torce impugnate da uomini incappucciati sbucati dal nulla.

Siamo in trappola. Ora ci ammazzano, penso.

– Fermi tutti – sento gridare.

I due agenti di scorta sbandano.

– Polizia, alzate le mani – dice una voce, non capisco da dove arriva.

Siamo nel mezzo, ragiono in fretta, se sparano finiamo nella traiettoria di tiro. Spingo Suleima nella sabbia fredda.

– Stai giù – le dico, la mano sulla testa.

– Mi fai male – dice lei.

– Giù la testa – ripeto.

I due agenti cercano di scappare. Vedo piedi che sollevano sabbia, sento colpi, tonfi: ho la faccia a terra, sento granelli di sale in bocca, stringo forte Suleima.

– Ahi. Che succede? – grida.

– Non so.

Un colpo secco di pistola, lo riconosco. Si perde nell'aria di salso e di mare.

– Sparano – fa Suleima.

– Ho sentito.

Qualcuno solleva Suleima. Tento di trattenerla da una gamba.

Filippo Cannizzaro la strattona, la tira a sé.

– L'ammazzo – grida.

Ha un coltello alla gola di Suleima.

– Non vi muovete. L'ammazzo.

Sono di sabbia. Sono sabbia nella sabbia. Senza sangue. Sabbia nel sangue. Tra i capelli. Tra le dita.

Sagome nere corrono lungo la spiaggia. Qualcuno insegue qualcuno. Cadono giù assieme.

Peppe è in ginocchio.

Non vedo più Simone e Noemi, macchie scure e informi distese a terra contro la luce della luna.

Ma Filippo Cannizzaro è in piedi, la lama lucente contro la gola tenue di Suleima.

– L'ammazzo, lo giuro.

Suleima tiene la testa alta, gli occhi alla luna.

Mi trema una gamba, non riesco a fermarla.

E penso: ti prego, se ci sei e chiunque tu sia, non permettere che si faccia male; ti prego, perché forse ci sei, anche se non ti conosco, non permettere che muoia, non qui, non ora, non così; ti prego, sono sicuro che ci sei, falla vivere e farò tutto per lei.

Una detonazione secca. Un colpo di pistola.

Suleima scivola giù, ginocchia a terra.

Chiudo gli occhi.

Non voglio vedere.

Non così.

Non ora.

Non così.

Allora non ci sei, penso.

Capitolo 46

È a piedi scalzi, su una spiaggia al crepuscolo. Non la riconosco subito. Metto a fuoco, per vincere la penombra. Ha in testa una coroncina di rose bianche. Bella così non l'ho mai vista. Mi tende una mano. Ma non riesco ad afferrarla. Ora è vicina: indossa un abito da sposa, le spalle nude, i denti candidi tra le labbra dischiuse.

– Saverio – dice.

Non riesco a parlare.

– Saverio – mi chiama.

Non rispondo. Il braccio teso le ricade lungo il fianco. Sembra delusa, ferita.

– Perché dici no, Saverio?

Non ho voce in gola.

– Dimmi di sì, Saverio.

Non mi escono le parole.

– Saverio.

Non posso rispondere.

– Saverio, mi senti?

– Sì – grido.

– Saverio, mi riconosci?

– Sì, Suleima.

– Saverio, mi riconosci?

Apro gli occhi. Randone. Che ci fa?

Sono disteso su una barella, nella luce blu intermittente dei lampeggianti. Sento il mare che rumoreggia.

– Saverio, sono Randone. Stai bene?

– Dov'è?

– Chi?

– Suleima.

Randone si scosta. Eccola.

Suleima.

Viva.

Si china su di me, mi sfiora le labbra con le sue.

– Sto bene, Saverio. È tutto finito.

Le afferro un braccio.

– Sei ferita?

– No, Saverio, sto bene. Sei svenuto. Stiamo tutti bene, Saverio.

Allora ci sei, penso.

Cerco di sollevarmi.

– Faccia piano – dice un'infermiera in tuta arancione.

– Mi gira la testa – dico.

– Appunto, piano piano.

Il chiosco è illuminato dai fari delle auto. I lampeggianti della polizia e delle ambulanze mandano lampi blu e gialli.

– Ho sentito sparare – dico.

– Sì, ha sparato l'ispettore Miceli. Ha ferito Cannizzaro a una spalla, un colpo da tiratore scelto.

– E se colpiva Suleima?

– Dottore, sapevo che non potevo colpirla – dice Miceli che si para davanti alla barella.

– Ispettore Miceli, posso abbracciarla? – gli chiedo.

– Non c'è bisogno. Con permesso, io devo andare – e si allontana brusco.

Mi alzo piano, sorretto da Suleima. Sento il calore del suo corpo, vivo e vibrante.

– Randone, che è successo?

– Al Caos avevo mandato un'auto di sorveglianza con Miceli e altri due. Vi hanno seguito, a fari spenti.

– A fari spenti nella notte?

– Esatto. Io avevo fatto i miei accertamenti su Cannizzaro: è un malo pagatore, un imbroglione. Ma né lui né il fratello sono sotto protezione.

– Quei due non sono agenti di scorta?

– Macché. Uno è il cugino dell'autista di Cannizzaro, quello che si spacciava per Miceli. E l'altro un suo degno compare, delinquenti di mezza tacca.

– E si fingevano poliziotti?

– Avevano preso l'identità di due veri agenti di polizia.

– E perché?

– Filippo Cannizzaro gestiva direttamente l'azienda e scaricava tutti i debiti su Simone, il quale con la scusa che era sotto protezione era sempre irreperibile. In questo modo il fratello aveva svuotato tutti i conti.

– D'accordo con Simone? – chiede Suleima.

– Qui viene il bello. Filippo aveva fatto credere al fratello, con la complicità dei suoi tirapiedi, che era veramente minacciato dalla mafia. Prima gli ha organizzato dei finti attentati, proiettili in busta, teste mozzate di maiale davanti casa, gli ha avvelenato pure il cane. E così ha messo in piedi la messinscena.

– Ecco perché è appassionato di *Matrix* – fa Suleima.

– La realtà parallela – dico.

– L'impostura. Altro che mafia. L'impostura dell'antimafia – fa Randone.

– Dai, adesso non buttarla in politica, Randone – dico – ma Piccionello dov'è?

– Sta confortando quei due poveri cristi. Ancora non ci credono che sono stati raggirati per due anni.

– Non so se è peggio essere minacciati dalla mafia o ingannati dal parente – faccio.

– Saverio, si vede che stai meglio. Stai tornando al solito tuo – dice Suleima.

– E com'è il solito mio?

– Il solito adorabile stronzo.

– Lamanna – fa Randone – da dove vengono tutti quei soldi?

– Niente di che, abbiamo venduto una partita di coca – dico.

– Ha ragione la tua ragazza: sei il solito stronzo.

– Ma adorabile – fa Suleima.

– Intanto – prosegue Randone – abbiamo sequestrato il denaro, poi ne riparliamo.

– Scherzavo, Randone: li ho trovati sotto il materasso di mia nonna.

– E io arresto te, Piccionello e la nonna.

– È morta trent'anni fa.

– Faccio un arresto postumo.

– Nonna, che ti dicevo? La giustizia è lenta, ma arriva sempre.

– Hai ragione. Abbiamo fermato Moncada a Catania. Lo stanno riportando ad Agrigento. Vado a interrogarlo adesso. Mi piace sentire gli indiziati quando sono morti di sonno.

– Randone, hai l'animo caritatevole del Grande Inquisitore.

– Per natura sono buono, Lamanna, ma il mestiere non me lo permette.

Capitolo 47

– Senti: il ruolo ambiguo di Saverio Lamanna ancora tutto da definire.

– Già – mormora Suleima.

– E guarda cosa scrive un altro: il giornalista Saverio Lamanna e il suo sodale Giuseppe Piccionello non avrebbero saputo spiegare l'origine del denaro trovato sul luogo del conflitto a fuoco.

– Mah.

– C'è pure il servizio di Pamela Amanpour di Girgenti. Senti?

– Sì.

Parte il video. La cronista con le tette prestate al giornalismo arriva al punto cruciale.

– Resta sospetta la presenza del giornalista free-lance sui due recenti fatti di cronaca che hanno segnato gli ultimi giorni di Agrigento. Sia nella morte di Demetrio Alù che nella vicenda della truffa organizzata da Filippo Cannizzaro, Lamanna ha avuto una presenza fin troppo determinante per definirla semplicemente casuale.

– Hai sentito? – chiedo.

– Bah.

– Suleima, la smetti di rispondere a monosillabi? Tutti i siti di Agrigento mi attaccano, mi definiscono ambiguo, sospetto, perfino sodale di Peppe: non ti indigni?

– Fregatene.

A gambe nude sul divano, la mia camicia bianca addosso, Suleima legge concentrata. Mi piace averla integra, viva e fragrante nella casa di Màkari. Ripenso alla sabbia di Giallonardo: rabbrividisco. È qui, penso. Ora e così.

– Hai ragione. Cosa leggi?

– Un libro.

– Addirittura? Pensavo fosse una pietra pomice.

– Saverio, non distrarmi.

– Che libro è?

– L'ho trovato sullo scaffale. *Il Consiglio d'Egitto*.

– Leonardo Sciascia. L'impostura saracena.

– Bello. Di chi è l'appunto a matita?

– Fammi vedere – mi avvicino – forse mio. O di mia madre, avevamo la stessa scrittura.

– La menzogna è più forte della verità. Pensi sia veramente così?

– Spesso in Sicilia è così. Ma non solo in Sicilia.

– È una frase amara.

– Fregatene, come dici tu.

– Tu non mi diresti la verità, a qualunque costo? – si solleva sul divano e mi fissa negli occhi.

– Dipende il costo.

– Qualunque costo.

– Suleima, la verità è sopravvalutata.

– Ho capito, la frase l'hai scritta tu – e ricomincia a leggere.

Mi abbasso, la bacio sui capelli.

– Sono felice che sei qui. Lo volevo. E ho pregato per averlo. A qualunque costo.

Le brillano gli occhi. L'abate Vella, il Consiglio d'Egitto e la minzogna saracina scivolano a terra, mentre andiamo assieme nell'unica terra dove è impossibile mentire.

La luna è ancora quasi piena. Monte Cofano è una sagoma nera, le luci di Erice baluginano soffuse dentro una nuvola bassa.

– C'è nessuno? – la voce di Piccionello dietro la porta.

Mi rivesto in fretta, mentre Suleima scompare in camera da letto.

– Aspetta. Ecco, puoi entrare.

Peppe si guarda attorno. Il libro ai piedi del tavolo, la mia camicia che aveva accolto Suleima scomposta sul bracciolo.

– È bello tornare a casa, vero? – fa Peppe.

– Certo, tra i discreti e riservati amici di sempre, rispettosi della privacy. Come stanno i due ragazzi?

– Simone e Noemi? Si stanno riprendendo. Mia comare li ha messi all'ingrasso: è convinta che la parmigiana di melanzane guarisce tutto.

– In effetti la parmigiana di tua comare è un potente ansiolitico.

– A proposito, che si mangia stasera?

– Tutto molto bio: semi di quinoa con rafano e tofu, insalata di alga kombu, seitan alla piastra su chutney di mango e sorbetto di basilico al malto.

– Ottimo. Ho un impegno, devo andare.

– Aspetta, cosa c'è nel sacchetto che hai in mano?

– Una teglia di parmigiana.

– Di tua comare Lina? Va bene, resta. Suleima – grido verso l'altra stanza – il menù bio lo rimandiamo a domani?

– Quale menù, Saverio? – risponde, uscendo scalza dalla camera, in jeans e maglietta.

– Credo che dovremo rinunciare al tofu. Purtroppo Peppe ha portato la terribile parmigiana di sua comare. Non si può rifiutare, sai quant'è permalosa.

– Quanto sei cretino, Saverio. Grazie Peppe. Vado ad aprire il vino. Bianco o rosso?

– Cominciamo dal bianco – fa Peppe.

Esco fuori. La luna è luminosa, si riflette sul golfo di Màkari.

Peppe viene sul terrazzo. Ha gli occhi alla luna.

– Saverio, voglio bruciare tutte le mie magliette. Ne voglio una sola con scritto: «La Sicilia fa veramente schifo».

– Peppe, non è così.

– Siamo mafiosi, carogne, falsi e cattivi.

– Non è vero. Sappiamo essere anche generosi, eroici, altruisti. E lo siamo in una terra che ci vorrebbe peggiori, perciò vale molto di più.

– Non ci credo, Saverio.

– Ci credi. Infatti resti in Sicilia. Come me.

Un grillo canta sul tetto di casa.

– Ha telefonato Rosalia Infantino per ringraziare – dice Peppe.

– Te o me?

– Me e te – ma si capisce che mente.

– Ti ha sempre amato, fin dal primo giorno.

– Saverio, non ti offendere. Voi due non vi siete mai presi.

– Le è finita bene. Dov'è?

– È tornata a Torino, dove insegna. Mi ha detto di andare a trovarla.

– E tu ci vai?

– Non so. Ci penso.

– Ho sentito Randone. Moncada nega il delitto di Alù, ma ammette di essere stato lui ad aver messo il bastone nella camera di Rosalia.

– E come lo spiega?

– Dice che appena gli è stato consegnato da Lillo Mendolia si è fatto prendere dal panico, ha visto la camera di Rosalia aperta e l'ha infilato sotto il materasso per sbarazzarsene. Non contento, ha telefonato alla polizia dalla stessa camera.

– E Randone gli crede?

– Macché.

– L'ha ammazzato per il progetto canadese?

– Randone pensa di sì. Secondo lui, Moncada quella mattina è andato presto alla Kolymbetra per parlare con Alù, per convincerlo a dargli un altro po' di tempo prima di esprimersi. Alù avrà risposto a modo suo, con l'abituale arroganza. Moncada si è visto perso. Era arrabbiato, ha colpito il professore col bastone. Poi, lo ha finito con una pietra. Ha cercato di far sparire il bastone, non poteva immaginare che Lillo lo aveva visto. Subito dopo è partito per Catania, è tornato in serata per non dare sospetti.

– Per un teatro di duemila anni fa.

– Per il teatro, per i soldi, per la carriera, forse per tutte le umiliazioni sopportate negli anni e che Alù amava infliggere ai suoi fedelissimi. Un odio covato a lungo, esploso d'improvviso. Randone è convinto che prima o poi Moncada confesserà. È questione di tempo, dice.

Squilla il telefono.

– Ciao papà.

– Ciao Saverio. Avevi ragione. L'archeologa non c'entrava, ho visto che hanno arrestato l'altro.

– Che ti dicevo?

– Ho cominciato a leggere il tuo libro.

– Ti piace?

– Sì, somiglia molto a quelli di Gaetano Savatteri. Li hai mai letti?

– No, mai. E tu?

– Io no, ma Mimì dice che scrivi come lui.

– Non è vero. Semmai, lui scrive come me.

– Vabbè, Saverio. Salutami Peppe.

– Ti saluta anche lui. Ciao papà, buonanotte.

Piccionello rientra in casa.

Le nuvole basse su Erice si sono diradate: le luci brillano nitide. Non c'è vento, il mare è calmo. Sento la risata di Suleima.

Ricordo quando mia madre scrisse quella frase su una pagina bianca del libro di Sciascia. Ero un ragazzo, mi spiegò la storia, mi invitò a leggerlo. È un romanzo contro le menzogne, diceva, la menzogna è più forte della verità, ma noi dobbiamo credere alla verità anche quando non conviene. Ricordalo Saverio, la verità non è tutto, ma a volte è l'unica certezza che rimane.

Indice

Questo volume è stato stampato
su carta Palatina
delle Cartiere di Fabriano
nel mese di dicembre 2018

Stampa: Officine Grafiche soc. coop., Palermo

Legatura: LE.I.MA. s.r.l., Palermo

La memoria

Ultimi volumi pubblicati

1000 La memoria di Elvira
1001 Andrea Camilleri. La giostra degli scambi
1002 Enrico Deaglio. Storia vera e terribile tra Sicilia e America
1003 Francesco Recami. L'uomo con la valigia
1004 Fabio Stassi. Fumisteria
1005 Alicia Giménez-Bartlett, Marco Malvaldi, Antonio Manzini, Santo Piazzese, Francesco Recami, Gaetano Savatteri. Turisti in giallo
1006 Bill James. Un taglio radicale
1007 Alexander Langer. Il viaggiatore leggero. Scritti 1961-1995
1008 Antonio Manzini. Era di maggio
1009 Alicia Giménez-Bartlett. Sei casi per Petra Delicado
1010 Ben Pastor. Kaputt Mundi
1011 Nino Vetri. Il Michelangelo
1012 Andrea Camilleri. Le vichinghe volanti e altre storie d'amore a Vigàta
1013 Elvio Fassone. Fine pena: ora
1014 Dominique Manotti. Oro nero
1015 Marco Steiner. Oltremare
1016 Marco Malvaldi. Buchi nella sabbia
1017 Pamela Lyndon Travers. Zia Sass
1018 Giosuè Calaciura, Gianni Di Gregorio, Antonio Manzini, Fabio Stassi, Giordano Tedoldi, Chiara Valerio. Storie dalla città eterna
1019 Giuseppe Tornatore. La corrispondenza
1020 Rudi Assuntino, Wlodek Goldkorn. Il guardiano. Marek Edelman racconta
1021 Antonio Manzini. Cinque indagini romane per Rocco Schiavone
1022 Lodovico Festa. La provvidenza rossa
1023 Giuseppe Scaraffia. Il demone della frivolezza
1024 Colin Dexter. Il gioiello che era nostro
1025 Alessandro Robecchi. Di rabbia e di vento
1026 Yasmina Khadra. L'attentato
1027 Maj Sjöwall, Tomas Ross. La donna che sembrava Greta Garbo

1067 Ben Pastor. Il morto in piazza
1068 Luigi Natoli. Coriolano della Floresta
1069 Francesco Recami. Sei storie della casa di ringhiera
1070 Giampaolo Simi. La ragazza sbagliata
1071 Alessandro Barbero. Federico il Grande
1072 Colin Dexter. Le figlie di Caino
1073 Antonio Manzini. Pulvis et umbra
1074 Jennifer Worth. Le ultime levatrici dell'East End
1075 Tiberio Mitri. La botta in testa
1076 Francesco Recami. L'errore di Platini
1077 Marco Malvaldi. Negli occhi di chi guarda
1078 Pietro Grossi. Pugni
1079 Edgardo Franzosini. Il mangiatore di carta. Alcuni anni della vita di Johann Ernst Biren
1080 Alan Bradley. Flavia de Luce e il cadavere nel camino
1081 Anthony Trollope. Potete perdonarla?
1082 Andrea Camilleri. Un mese con Montalbano
1083 Emilio Isgrò. Autocurriculum
1084 Cyril Hare. Un delitto inglese
1085 Simonetta Agnello Hornby, Esmahan Aykol, Andrea Camilleri, Gian Mauro Costa, Alicia Giménez-Bartlett, Marco Malvaldi, Antonio Manzini, Santo Piazzese, Francesco Recami, Alessandro Robecchi, Gaetano Savatteri, Fabio Stassi. Un anno in giallo
1086 Alessandro Robecchi. Follia maggiore
1087 S. N. Behrman. Duveen. Il re degli antiquari
1088 Andrea Camilleri. La scomparsa di Patò
1089 Gian Mauro Costa. Stella o croce
1090 Adriano Sofri. Una variazione di Kafka
1091 Giuseppe Tornatore, Massimo De Rita. Leningrado
1092 Alicia Giménez-Bartlett. Mio caro serial killer
1093 Walter Kempowski. Tutto per nulla
1094 Francesco Recami. La clinica Riposo & Pace. Commedia nera n. 2
1095 Margaret Doody. Aristotele e la Casa dei Venti
1096 Antonio Manzini. L'anello mancante. Cinque indagini di Rocco Schiavone
1097 Maria Attanasio. La ragazza di Marsiglia
1098 Duško Popov. Spia contro spia
1099 Fabio Stassi. Ogni coincidenza ha un'anima
1100
1101 Andrea Camilleri. Il metodo Catalanotti
1102 Giampaolo Simi. Come una famiglia
1103 P. T. Barnum. Battaglie e trionfi. Quarant'anni di ricordi
1104 Colin Dexter. La morte mi è vicina
1105 Marco Malvaldi. A bocce ferme
1106 Enrico Deaglio. La zia Irene e l'anarchico Tresca
1107 Len Deighton. SS-GB. I nazisti occupano Londra
1108 Maksim Gor'kij. Lenin, un uomo

1109 Ben Pastor. La notte delle stelle cadenti
1110 Antonio Manzini. Fate il vostro gioco
1111 Andrea Camilleri. Gli arancini di Montalbano
1112 Francesco Recami. Il diario segreto del cuore
1113 Salvatore Silvano Nigro. La funesta docilità
1114 Dominique Manotti. Vite bruciate
1115 Anthony Trollope. Phineas Finn
1116 Martin Suter. Il talento del cuoco
1117 John Julius Norwich. Breve storia della Sicilia